堀切 実

装の商法

——西鶴と現代社会

新典社新書 13

目　次

はじめに

西鶴の作品は何故おもしろいのでしょうか？　西鶴の研究者はまず何よりもこの問いに答えなければならないと思います。

西鶴のおもしろさを一般読者たちに広く伝えるという点で、見事な成果を示されたのは、なんといっても故暉峻康隆《てるおかやすたか》先生でした。現在の学界では、むしろ慎むべきこととされていますが、暉峻西鶴では、西鶴の創作意識をぐっと現代の問題意識に引き寄せ、いつの時代でも変わらない人間の本性を語るという方法がとられました。

その後の西鶴研究は、どこまでも西鶴の時代の読者の立場に還元して考えてゆくことを絶対的な信条として進められてきました。用語や典拠の研究、出版状況の研究、そして作品の成立経緯の研究が中心になりました。また最近では、西鶴の作品を江戸時代の文芸という広い基盤の上に置いて、その〝戯作性〟に照明が当てられています。〝暉峻西鶴〟と同じく、あくまでも〝読み〟に徹しながらも、それとは全く対峙して形成されてきた〝谷《たに》脇《わき》西鶴〟（谷脇理史《たにわきまさちか》氏の西鶴論）は、現在の西鶴研究をリードする秀れた西鶴論といえますが、そこでも西鶴をゲラゲラ笑ってしまうような要素の多い小説とみているわけです。

わたしは、西鶴のおもしろさは、西鶴の深い〝人間観察〟や〝人生批評〟にあると考えています。〝笑い〟にも、戯作調のものから知的なものまで幅広く、結構上質な笑いが含まれているような気がします。そこでこの本ではいささか開き直って、多くの正統的な西鶴研究者からの拒絶反応を覚悟の上で、〝西鶴と現代社会〟をテーマにして、次のような切り口で西鶴作品を読んでみることにしました。

Ⅰ　偽装の商法――西鶴と『日本永代蔵』……雑誌『現代思想』（青土社）の二〇〇七年十一月号が「偽装の時代」を特集していますように、耐震偽装からミートホープ事件、さらに〝赤福〟や〝白い恋人〟などの賞味期限問題などが次々と暴れている現代ですが、西鶴の『日本永代蔵《にっぽんえいたいぐら》』にも元禄版偽装商法が描かれた作品がいろいろとあります。

Ⅱ　ファンド――利益追究第一の詐欺的商法……中国には『荀子』の性悪説があり、西欧でも、哲学者カントは人間の「根本悪」を論じました。どんなに善い人間にも、それを上まわる〝欺瞞的な悪性〟が宿っているというわけです。〝偽装〟もその一つですが、ここでは『日本永代蔵』にたびたび扱われる〝詐欺的商法〟――その利益至上主義のあくどいやり方をとりあげます。

Ⅲ　アイディア商法列伝……テレビ東京系番組の「カンブリア宮殿」が、現代を代表する知恵者経済人を次々ととりあげています。〝人のやらないことをやる〟精神に溢れた人たちばかりです。『日本永代蔵』にも、三井のデパート商法など、たくさんの大胆なアイディアを生かした商売で成功した町人が出てきます。

Ⅳ　元禄の保険金殺人未遂事件――『本朝二十不孝』と遺産相続……今再び話題になっている一九八一年にロサンゼルスで起きた三浦和義事件は、太平洋戦争後の〝保険金殺人〟のルーツともいえます。元禄時代に生命保険制度はありませんでしたが、人間の命――ここでは親の命を担保にして借金するという点では同質ともいえる〝死一倍〟の制度はありました。また親の遺産の相続をめぐる、血なまぐさい事件は現代の民法のもとでも、あとを絶ちません。推理小説や推理ドラマでも、恰好のテーマです。西鶴が元禄時代の親不孝な息子や娘を描いた『本朝二十不孝《ほんちょうにじゅうふこう》』には、そうした問題にかかわる事件が語られています。

V　金銭という魔力——『本朝二十不孝』における少年少女犯罪……現代では〝通り魔〟的な未成年者の犯罪が急増しています。俗にいう酒鬼薔薇聖斗事件など、いずれも理由なき犯行といえましょう。『二十不孝』にも、それに近い事件がとりあげられていますが、かなり相違するのは、その犯行の動機に金銭への欲望がひそんでいる点です。

こうした西鶴の作品群は——ここにとりあげた『永代蔵』『二十不孝』以外の多くの作品をも含めて、現代では日本文学の古典としてみなされています。けれども、F・カーモードが『秘義の発生』（一九八二年、山形和美訳、松柏社）が「書かれたものは、つねに読み直される、読み替えられる」と述べているように、古典の価値とは、その作品に定着しているものではなく、時代々々に応じて、読者に読み替えられてゆくものであるということを大切にしたいと思います。なお、西鶴に少しでも親しんでもらいたいという願いで、本文の引用はすべて筆者の現代語訳をもってしました。

I

偽装の商法——西鶴と『日本永代蔵』

偽装の時代

現代は〝偽装〟の時代と言われています。世間を騒がせた耐震偽装問題やさまざまな食品の偽装問題が次々とその正体を暴露されてゆきました。

「ギソウ」には「偽装」のほか「擬装」の字が宛てられますが、本来は衣装や仮面をつけて、その正体を隠すことです。だから、一種の演技であるともみられます。「偽装」の対極にあるのは「真実」ですが、現代のコミュニケーション社会では、社会構造として、しばしばその「真実」が隠蔽されてしまう危機感がつきまといます。その意味では、「偽装」する主役は、その演技する役者ではなく、それを演出する〝メディア〟のほうにあるのかもしれません。それは本質的に、元禄の資本主義社会にも適用されそうなのです。

「偽装」すなわち偽《にせ》を装うことにせよ、「擬装」すなわち擬《もどき》を粧うことにせよ、その目的は利益の追究にありました。要するに金儲けのための強力な手段として行われてきたわけでありました。

元禄のミートホープ事件 ― 煎茶に茶の煮殻を混ぜて売出す ―

江戸時代を代表する町人作家井原西鶴が、一六八八年――貞享五年正月（九月晦日には改元されて元禄元年となる）に出版した『日本永代蔵』は、後代まで広く長く愛読されてきた名作であります。「永代蔵」とは永久に富を保ち続ける蔵の意味であり、新しい貨幣経済の時代を迎えて、町人がなによりも願った〝致富〟への道を、具体的に随筆風の物語りとして綴《つづ》ったものであります。この本の副題に「新長者教」（長者すなわち金持になるための新しい教え）とありますように、そこにはいわゆる教訓的な要素もかなり含まれていますが、それればかりではなく、浮世に翻弄《ほんろう》されて生きる町人たちの悲喜劇が、おもしろおかしく描かれています。全部で三十篇の作品が収められていますが、そのなかには、積極的に〝才気〟を働かせて活躍する人たち、また消極的ながら〝始末〟や〝倹約〟を実行して成功する人たちによる致富談が約三分の二を占め、それとは逆に、当時の商業道徳には反した広い意味での「偽装」による商法で成功する話が三分の一ぐらいあります。

江戸時代のはじめ、寛永期（一六二四～四三年）からあと、日本にも本格的な貨幣経済の時代がやってきました。ところが、同じ貨幣経済時代でも、その間、寛文期（一六六一〜七三年）を境に経済機構のしくみが大きく変動していったのです。それは町人ひとりひとりの知恵・才覚や努力によってお金を貯えてゆくことができた〝資本蓄積〟の時代から、まとまったお金を資本として持っていなければ活発な商業活動はできなくなってきた〝商業資本主義〟の時代への移行でした。西鶴はこれをいみじくも「銀《かね》が銀をためる世の中」の到来だとしています。とくに西鶴の住んでいた上方（大坂）では、北前船などの交通の発達や金融機関の整備によって、そうした傾向が著しかったとみられます。

さて、『永代蔵』巻四―四に「茶の十徳も一度は皆」という一篇があります。お茶を飲むと十の徳を得るというが、それを一ぺんに無駄にしてしまった話といった意味ですが、これは主人公の小橋の利助という人が、煎茶用の葉茶を売る店を開いて一度は成功したのですが、不正な商いをしたために、天罰を受け、ついに自分自身が発狂してしまって滅びてしまうことを示唆したタイトルです。

話は越前の国の敦賀《つるが》の港（福井県敦賀市）の繁栄ぶりからはじまります。この港町は北国方面と上方との中継地点として、運輸通過税が入り、問屋は繁昌し、気比《けひ》神社に立つ市も賑い、まるで京都の繁栄ぶりを見るようでした。その町外れに住んでいたのが、いまだ妻子も持たず、気ままにその日暮らしを続ける利助でした。早朝から茶釜や茶器などをかついで、市の立つ町へ出て、一服一銭で煎茶を売り歩きましたが、なかなか好評で、やがて元手をこしらえて、葉茶《はぢゃ》を売る店を開き、のちには大勢の使用人まで抱えた大問屋になりました。それでも女房は持たず、ただ銀《かね》のたまるのを楽しみにしてくらしていました。ところが、魔がさしたのでしょうか、つい悪徳商法をはじめます。本文を現代語に訳したものを掲げましょう。

そののち、道ならぬ悪心がおこり、越中・越後に手代《てだい》（町家の使用人）どもをつかわして、茶の煮殻《にがら》を買い集め、それを京都の染物に用いるのだと称していたが、じつはこれを飲茶《のみちゃ》の中にまぜて、人知れず売り出したので、いったんは大変な利益を得て大儲けしたが、天がこれを咎め給うたのであろうか、この利助はにわかに狂人となって、自分からわが身の悪業を国中触れまわり、「茶殻《ちゃがら》々《く》々」としゃべり散らしたので、「さては、あの身代を築くようになったのも、いやしい心からだったのかと、人とのつき合いも絶え、医者を呼んでも来る者がなく、自然とからだも弱っていき、湯水も咽喉《のど》を通らなくなり、すでに末期《まつご》が近づいたとき、「今生の思い晴らしに茶を一口飲みたい」と言って、涙をこぼした。（中略）そして、いよいよ息も絶えようとした時、蔵の金銀を取出させて足元や枕元に並べさせて、「おれが死んだら、この金銀はだれの物になるだろう。思えば惜しい、悲しい」と、それにしがみつき噛みつき、血の涙を流し、顔つきはさながら角《つの》のない青鬼《せいき》のようであった。

このあと、利助は狂乱して家の中を飛びまわったり、気絶してしまったり、奉行人たちにも見放されたあげく、金銀にかじりつき、目を見開いたまま死んでしまいます。死骸も、火葬場へ運ぶ途中、雷火とともに焼け消えてしまいました。あまりの悲惨さに、人びとは仏の道に帰依したいという気持を起こすようになったそうです。そして、次に利助の死後の後日譚が語られます。一つは、誰も気味悪がって貰おうとしなかった利助の遺産が、寺へ寄進されたところ、坊主たちが、なんとこれを仏事に使わず、男色《なんしょく》遊びや色茶屋《いろじゃや》遊びに浪費してしまったというエピソードです。もう一つは、奇怪なことに、利助の幽霊が出てきて、生前に貸してあった金を取り立てにまわった話、最後の一つは、利助の屋敷が、とうとう化物屋敷と呼ばれるほどに荒廃してしまったという結末です。

西鶴は結びの段で、世の中に横行する、さまざまな悪業――そのなかには、贋物《にせもの》商いや偽装朝鮮人参の押売りといった悪徳商法も含まれています――を、次々と列挙して、人の道に外れたことをしてはならないと教訓します。生活設計は、着実にして、とにかく世間並みの世渡りをするのが一番だというのです。

この話では、終始、人間にとって〝金銭〟の魔力がどれほど大きいものであるかが問いかけられています。西鶴は、はじめのところでも、結びのところでも、町人は客に対して「正直」に接して、着実な世渡りをするのが一番だと説いているのですが、この「正直」

とはどういうことを意味するのでしょうか。何故なら、一般的にみて、「正直」と「商い上手」とは必ずしも合致するものではないからです。正直者は商売下手、商売上手なら多少は不正直なものでしょう。

主人公利助のはじめた「荷《にな》い茶屋」のアイディアは、商人に必要な知恵・才覚の発揮として、よいお手本になるものでしょう。けれども、次の、ただ利益をあげることのみに執着した、飲茶に煮殻を混入して売るという悪徳商法が問題です。やがて世間のひんしゅくを買い、そのコンプレックスから発狂してしまう利助の錯乱状況の描写には、すさまじいものがあります。すでに成功者であったのに、さらに悪徳商法を案じてまで、金儲けに走る――そこに人間の〝エコノミック・アニマル〟化した悲劇があったわけです。

ただし、西鶴は主人公利助の行動を徹底して批判的にとらえているというわけではないのでしょう。西鶴自身、〝不正〟や〝たくらみ〟が、商人にとって、ある意味で不可欠なものであり、そうでなくてはなかなか成功者にはなれないことをよく認識していたと思われます。そこにまた、西鶴の人間観察の複雑さもうかがわれるのです。

煎茶に不用になった茶殻（茶殻は染物に使う用途もあるにはあるのですが）をまぜて売る商法を、現代社会に当てはめてみれば、ミートホープ事件でしょう。全国の生協などにも流通していた北海道の大手の食品会社の製品で、「牛肉」と称するものに「豚肉」や「内臓」などを混入していたことが発覚した事件です。ただし、この事件での〝偽装〟は、中国産手造り餃子《ぎょうざ》事件のような、人命にかかわる有害性はありませんでした。「茶殻」混入と同じです。こうした〝偽装〟は雪印食品の「国産牛肉」用の箱にオーストラリア産牛肉が詰め替えられていた事件などと同様に、表面的には人畜無害なのです。

ところで、こうした商法は、結局のところ、利潤のみを追究する資本主義経済のしくみでは、いつの時代でも起って不思議はないのです。そして、いわゆる自由経済は決して道徳的な制度ではない、という前提が、そこには厳然とあるわけです。それが消費者の欲望を満たそうとする手段として働くかぎり、市場はその参加者の程度に応じて道徳的であるというにすぎないものです。市場はまさに多様であり、とてつもなく不道徳なレベルのものから、非のうちどころのない合法的なものまでを包み込んでいるのであり、じつはそれは道徳的でもなければ不道徳的でもない、そうした規準では計れないものであり、要するに〝道徳性〟とは無関係のものだといえるでしょう。

国家の機能などは縮小して、ひたすら市場原理によって社会を運営しようとする政治思想に「リバタリアニズム」があります。「市場原理主義」です。「市場」は弱肉強食のジャングルのようなものですから、「市場」至上主義に支配された社会では、いわゆる「勝ち組」がすべての富を独占し、「負け組」はホームレスとなって路上死するほかはないのですが、そこでは「国家」が暴走する「市場」に介入したり、正義・モラルを標榜する人たちによるさまざまな行動が演じられるようになるものです。けれども「リバタリアニズム」の立場に立つ「リバタリアン」は、こうした国家や社会正義の介入を拒否します。何故なら、干渉・介入によって、本来の「市場」の機能が決定的に阻害されてしまうからだというのです。「リバタリアニズム」では、「人は自由に生きるのがすばらしい」という政治思想に徹底します。これは、「リベラリズム」が「人は自由に生きるのがすばらしい。しかし平等も大事である」と唱えるのとは根本的に異なるのです。

「リバタリアニズム」では、利潤がいかに有益な効果をもたらすかが追究されます。そこには「適正な利潤」はいいが、濡れ手で粟の「ボロ儲け」はいけないという考え方はないわけです。それを「悪徳商人」とみなしてしまう構図はありません。自己の利益追究こそがみんなを幸せにするとみるからです。

そういう考えに立ちますと、利益の追究のためには〝偽装〟もまた一定の効果をもつということになります。しかも、人間に直接的な害をもたらさない「被害者なき偽装」なら、なおさらのことです。「偽装」にはたしかに、有害物質を含んだ製品や不良品が販売されて、そのために被害を受けた消費者が抗議するというタイプのものもありますが、一方で、たとえば食品の賞味期限切れなどのように、実際上の身体的被害は微妙なケース、もしくは被害がほとんどないケースもあるわけです。そして「茶殻」混入事件は、その無害な方のケースということになりましょう。ミートホープ事件を起した会社の社長は責任をとって辞任しましたが、会社はすでに再起しつつあります。それに対して、西鶴の描いた利助は、そうした次元の問題ではなく、その精神的な負い目が自らを追い込んで、錯乱状態となって狂死してしまうのです。

偽薬を売りつけて資金稼ぎ ― 疳の妙薬「狼の黒焼」はじつは「犬の黒焼」―

食物の自給率の極度に低い日本では、労働賃金の安い中国産の食品の輸入に頼らざるを得ない現状にあります。最近の農薬入り餃子の発覚は、国民に大きな衝撃を与えました。茂田井円《もたいまどか》さんの「昆明の市場から」(『現代思想』二〇〇七年十一月号)という論文によりますと、中国では、それに類する事件は、以前から続発してきたもののようです。たとえば「劣悪粉ミルク」事件――本来あるはずのタンパク質を、ほとんど含まない粉ミルク(通常の三パーセントのみ)によって、乳児が栄養失調で次々と亡くなった事件がありました。二〇〇四年のことであり、もっとも被害の大きかったのは安徽省阜陽市で、百人以上の赤ちゃんに頭部が肥大する症状があらわれ、そのうち一二人が死亡したといいます。また、『雲南信息報』の扱ったものですが、雲南方面のタイ族のいわば「ごはんの友」として愛されていた、ドクダミの根茎をごま油と唐辛子味噌風であえたもの――これはさわやかな香りとパリッとした歯ごたえが持ち味なのですが、賞味期限が短いので、その対策として塩素系漂白剤で漂白したものが横行したことがあったそうです。漂白によってやや野性味は抜けてしまうのですが、よりさわやかな香りが特長で、出まわってしまうと、こちらの方が本物だと錯覚してしまうほどだったといいます。それから、農産物のほか、化学肥料でも、安い農薬や化学肥料を買いとって、名の通った企業や国名を印刷した袋に入れ替えて、高額で転売していたケースもあったようです。フスマ、すなわち小麦の皮に工業用色素で着色した一味唐辛子というのもありましたし、病気などで死んだ豚からつくったラードというのもあったそうです。

さて、『日本永代蔵』巻二―三「才覚《さいかく》を笠《かさ》に着る大黒《だいこく》」の中には、死んだ黒犬を拾って焼き、これを、神経質な小児によく起る疳《かん》の病によく効く妙薬とされてきた「狼の黒焼」として、売り歩いて儲けたエピソードが出てきます。「犬の肉の黒焼」でもそれなりの効果があると『和漢三才図絵』にも伝えられているのでしたが、当時、狼の肉は諸種の病にとくに効ありとされていたからであります。

めでたい大黒舞《だいこくまい》に縁のある、京の都でも名だたる金持ちであった大黒屋新兵衛——寛文四年に呉服商をはじめた大黒屋善兵衛がモデルかとされていますが——が、いよいよ隠居をして、長男の新六に家督を譲ろうとしたのですが、肝心の新六が、急に色遊びに耽って無駄づかいをして、手の施しようもなくなったので、とうとう正式に奉行所に出頭して、これを勘当してしまうところから、この話ははじまります。息子の新六は、都にもいられなくなり、十二月の末に無一文で東海道を下る旅に出ますが、まもなく山科《やましな》の小野の里へ着いたときのことです。

落葉して梢のさびしくなった柿の木の陰に、子供たちが集まって、「惜しいことに弁慶が死んでしまったよ」と悔んでいるのを聞き、様子を見ていると、大きな雄牛ほどもある黒犬だったが、立ち寄ってこれを貰い受け、盗んで持っていた筵に包んで音羽山の麓に行き、畑で鍬を使っている男を呼んで、「これは疳《かん》の妙薬になる犬で、三年あまりいろいろな薬を与え、いま黒焼にするところだ」と言うと、「それは人さまの

ためになることだ」と、あたりの柴《しば》や枯笹《かれざさ》をあつめて、燧袋《ひうちぶくろ》を出して焼いてくれた。その村の男にも少し与え、残りを肩に担って、山家者《やまがもの》の訛りを使って、「狼の黒焼はいらんかね」と、大きな声で売り歩き、行くも帰るも逢坂《おうさか》の山と言われる関を越え、誰彼《だれかれ》かまわず、押売りしてゆくと、道中ではかなり人馴れ、旅馴れしているはずの、ずるい針屋や筆屋までだまされて、追分から大津の八丁までゆく間に、五百八十文ほどの商いをして、まずは一かどの才覚男となった。

とあります。狼の肉は滋養に効ありとされていたのですが、この偽物の「狼の黒焼」の行商によって旅費を得た新六は、いろいろと苦労しながら、普通なら十数日間で着くはずの江戸までの旅路を、六十二日間もかかって、ようやく、江戸への入口である品川宿にある東海寺の門前にやってきます。そして、そこで門前にたむろしていた乞食たちに接して、それぞれの身の上ばなしを聞かされるのですが、諺《ことわざ》にも「乞食に筋なし」というように、いずれの乞食も、元はきちんとした人並みの生活をしていた人たちばかり、その転落の経緯を聞けば、新六にとっても、人ごとではなく、身につまされる話ばかりでした。

新六も、恥を承知で、勘当された自分の身の上話を告白することになります。乞食たちは、現実の世の中の厳しさ――とくに元手となる「銀《かね》」がなければ、商いもできない時世であることを教えます。新六が、そうした状況の中でも、なんとか商いの道はないのかと食い下がって尋ねると、乞食たちは、貝殻拾いとか、刻み昆布《こんぶ》や削り花鰹《はながつお》、さらには木綿手拭《めんてぬぐい》の切り売りなどの商いのアイディアを出してくれました。新六は、そのお礼に、わずかばかりの蓄えから置き銭をして、いよいよ江戸へ入ります。その江戸で新六は、乞食たちのアイディアの一つに従って、下谷の天神様の縁日の日に、手水鉢《ちょうずばち》のすぐそばで、調達した木綿を手拭として切り売りすると、参詣人に好評で、一日で十分な利益をあげることができたのでした。これがきっかけで、次々と工夫をこらした新六は、十年もたたぬうちに、とうとう五千両の資産家になり、京の実家の大黒屋の名にちなんだ〝笠大黒屋〟を称して、大成功したのでした。

『永代蔵』では、一度親から勘当された二代目の跡取り息子が、起死回生、一躍成功するという話は、ごく稀な例になります。大ていは、二代目は世間への認識の甘さなどから、没落してしまうわけです。そして、この二代目新六の逆転勝利の要因は、直接には、東海寺門前の乞食たちからヒントをもらったわけですが、縁起物となる天神境内での「切り売り手拭」というアイディア商法でした。新六には、道中、黒犬の黒焼で儲けた何がしかの資本があったからできたことでしょう。もちろん、少し想像をめぐらせば、知り合いだったという江戸伝馬町の木綿問屋からの融資も多分にあったとみられますが、なによりも新六の才覚がチャンスを生かしたわけでしょう。ただ、そのチャンスを生かした出発点が、「狼の黒焼き」と偽装して、「犬の黒焼き」を売るという、商業倫理としては、かなり問題のある商法にあったことは事実でした。新しいアイディアと反道徳的《インモラル》な行為とが背中合わせになっているわけです。

現代の社会でも、さまざまな偽物づくり、あるいは粗悪品の製造が、論議を呼んでいます。資本主義の自由な市場では、営業マンは、高品質で長持ちする製品を売ることには、なんの興味を持っていないのだといってよいでしょう。家電商品など、なるべく早く駄目になり、次々と買い換えてもらわないと困るのだともいえるのです。たしかに、劣悪な製品をつくって、しかも何らコストの削減も実現できないようなものは、意図的な粗悪品といえましょう。なにも知らない消費者は、どうしようもなく、それに巻きこまれてしまうのですから、これは、明らかにただの浪費であります。けれども、自由な市場経済では、わざと粗悪品をつくるような企業は、おのずから淘汰されてゆくわけでしょう。このあたりが自由市場の妙味だといえます。したがって、そのように消費者からそっぽを向けられない範囲において、低コストの製品を、企業は提供し続けることになるのです。

前章にふれたリバタリアニズム＝自由原理主義では、「だれの権利も侵害していない者に対する権利の侵害は正当化できない」ということが、その哲学の基本であるわけです。「不道徳な人」といわれても、暴力をともなう悪事を働かなければいいのであり、実質的には、すべてのケースにおいて、「不道徳な人」たちは社会に利益をもたらしているのだという考え方に立っているのであります。偽装の商法を単純に悪徳とみなすことは、案外難しいことなのかもしれません。

ブランド偽装の商法 ─ 淀の川魚、じつは丹波や近江産 ─

日本人は、世間に名だたるブランド志向の強い民族で、これをターゲットに、今やフランス・イタリア・アメリカなどのブランド商品が、大々的に日本進出を実現しています。東京の銀座通りには、エルメス、ルイ・ヴィトン、ティファニーなどの日本支店がはなばなしく点在していますし、デパートにも、そうしたブランドの高級品が並べられています。そして、そうした日本人の憧れを手玉にとるように、市場にはしばしば贋《にせ》ブランドのカバンやスカーフやネクタイなどが登場することになります。

欧米のブランド品のような高級なものばかりでなく、日常的な食材で、〝浜松産ウナギ〟とか〝下関産フグ〟とかについても、実際には偽装包装がなされて売られているようです。わざわざ〝国産小豆〟などと記してあっても、小豆の大半は中国産だといわれています。中国産の占めるシェアーは大変なものになっています。

秋田県で昔から飼われてきた〝比内鶏《ひないどり》〟は、肉はおいしいが、成長が遅いのが欠点でした。そこで、おいしさは変わらないままで、早く成長するように、ロードアイランドレッド種《しゅ》と交配して育成した〝比内地鶏《ひないじどり》〟が登場しました。ですから、いってみれば、この〝比内地鶏〟そのものも、本物ではないのです。ところが、二〇〇七年十月、秋田県大館市の食肉製造会社「比内鶏」が、地元の〝比内地鶏〟と偽って、別の鶏肉や卵を薫製《くんせい》にした商品を出荷していた問題が発覚しました。薫製には約二十年前から、卵を産みにくくなった「廃鶏」と呼ばれる雌の鶏を、薫製の材料に適しているからとの理由で使用していたことも判明しました。企業の利益追究のためなら、消費者の安全も無視することに平然としている商法でした。また、地元では、〝比内地鶏〟にしては値段が安すぎるのではないかという疑念から、はやくから〝偽装〟のうわさが絶えなかったそうですが、同社の巧みな宣伝と、業界ブランドの管理の甘さから、長く見逃されてきたのでした。『日本永代蔵』巻五—二「世渡りには淀鯉《よどごい》のはたらき」の中にも、よく似たブランド品偽装の話が出てきます。世の中を渡るには、淀川名物〝淀鯉〟の行商によって、一度破産した財産を大きく取り戻した淀の鯉屋のような働きぶりをすることが大切だというのが、この一篇の題の意味であります。〝淀鯉〟は〝淀鮒〟とともに、淀川の名産として賞美されたものですが、ここは丹波や近江の琵琶湖産のもので代用して、大儲けしたという話です。

現代の年度末三月を決算期とする経済社会（徴税制では十二月が区切りとなりますが）とは違って、江戸時代は、十二月末の大晦日が一年を締めくくる収支決算の日であり、金銭のやりくりに奔走しなければならない日でありました。当時の商売は、基本的に今日のように現金払いではなく、掛売《かけう》りが原則でしたから、年度末には、借金を払う側も、取り立てる側も必死に渡り合うことになります。商売をする立場からすれば、売掛《うりか》けが滞ると、次に資金の調達ができなくなるし、消費者サイドからすれば、下手をすると、カード破産と似たような結果にもなります。そうした大晦日の攻防に焦点を当てた西鶴の作品には『世間胸算用《せけんむねざんよう》』という名作があるわけですが、『永代蔵』巻五—二「世渡りには淀鯉《よどごひ》のはたらき」は、まさにその先駆となった作品であります。

人は絶え間なく回り続ける水車のように、つねに気を抜くことなく家業に励まなくてはならないものだと、商売をする者の平生の心構えを説くことから書き出されたこの一篇では、まず序段で、売掛け額を慎重に抑えるべきことを説き、次に具体的に大晦日になっての上手な借金取りの秘訣、反対に支払い側の掛取りへの対処法の秘訣を、それぞれ経験豊富な人の口を借りて語ってゆきます。ところが、ここで大晦日の問題から筆を外して、突然のごとく、題名にある「鯉屋」の成功談のエピソードの紹介に転じるのです。登場するのは、山城国《やましろのくに》（京都府伏見区）の淀の里の油屋山崎屋何がしでありますが、この男、必要以上の奇麗好きがわざわいして、油屋にはつきものの油をしぼる油搾木《しめぎ》から出る塵を嫌って、ろくに仕事をせず、やがて没落してしまいます。そして、このままではいけないと思案した結果が、油屋からの商売替えでありました。

……商売を替えて鯉・鮒を担って京通いをはじめたが、ことさらにこれを淀の名物の川魚だと言い立てて売りさばいたので、人々も顔を見知るようになり、淀の釈迦次郎（土地の伝説上の漁師で、出家して弥陀次郎と呼ばれた人のもじり）と仇名《あだな》で呼んで、川魚の用のある家では、この男の来るのを待つようになった。そしてその後は、淀の里から手ぶらで京に出て行き、丹波や近江の国から都へ運んできた鯉や鮒を買い受けて、一日の間にたくさん売ったのだが、世間では淀の川魚はさすがに風味が格別だと評判して、同じ鯉や鮒なのに、外の魚屋のものは買わなくなったのであった。商人というものは、なによりも信用を獲得することが大切なのである。その後は、刺身を作って、盛売《もりう》りをはじめ、五分《ごふん》・三分ほどの額でも、求めに応じて調えたので、京は台所のことに細かいところなので、お客への御馳走をするのにも、これで間に合わせるようになるほどはやったので、いくらもたたない間に、資産家になり、今度は、金銀の貨幣を並べて両替店（貨幣を他の種の貨幣と交換する店）を出し、たくさんの使用人をかかえるほどに繁昌した。

巻五の二
「世渡りには淀鯉のはたらき」
両替屋の店頭で鯉を売る頬かぶりの釈迦次郎

　こうして、山崎屋すなわち鯉屋は、風俗も京風に改め、上流町人たちの衣裳をまね、堂々たるくらしをしてゆくようになったわけですが、後半になりますと、ストーリーの展開としては、鯉屋の手代が米屋を開き、大晦日に貧乏人たちを相手に借金取りに苦労する話に受け継がれてゆきます。冒頭書き出しに提示した年末決算期を迎えるための心構えを改めて確認した上で、米屋の話に移行してゆくのですが、その借金取り風景を通した借り手側の貧困階層の種々相は、じつにリアルに描かれます。あわれな極貧の生活の様子、また狡《こう》猾《かつ》な貧乏人の借金取り撃退法が、涙のうちにおかしみを誘います。そして、西鶴は結末部で、そうしたくわせ者も多い相手に対して売掛け商いをする際の心の用意、いわば商いの秘訣となるものを説いた上で、この米屋が、現金売りから掛売りに転じたときから、貸金が増えてゆき、ついには資金繰りに窮して破産してしまう転末を語るのです。

　さて、ここで問題は、一篇の挿話のようなかたちで出されている、丹波や近江産の鯉・鮒を淀の名産と偽って売り出したことがきっかけで成功した詐欺男の話であります。淀の鯉は当時『日本山海名物図絵』などにも載っていて、文字通りの名産であったわけですが、そのブランドを偽装して大儲けしたこの男は、商人としては、明らかに詐欺罪に相当する行為をしたことになるのではないでしょうか。もちろん、最初から偽装したのではなく、それまでに得ていた「しにせ」としての信用を利用したわけです。さらに、この男は、「刺身」の盛売りといったアイディアを働かせたりして成功していったのです。

もう大分以前、昭和三十年代の見聞になりますが、東京近郊の家具製造の会社でアルバイトをしていた友人が、こんな話をしていました。その家具工場で製造された箪笥《たんす》が、同じ品質のものでありながら、東京のデパートで売られるとき、デパートの格によって、かなり違った値段で陳列されるのだそうです。今日のデパート業界では、もはやそんなことはあり得ないでしょうが、これも西鶴のことばでいえば「しにせ」の効用ということでしょう。よく、消費者の目はごまかせないと言いますが、消費者の目はごまかせるわけです。これはブランド品の偽物ではなく、ブラント品の効用ということになりましょう。

ここまで、現代社会における、さまざまな〝偽装の商法〟と西鶴の描いた元禄社会における〝偽装の商法〟とをくらべながら、考えてきました。時代の背景こそ相違しますが、同じ資本主義社会の現象としては類似したしくみになっています。

現代の資本主義社会でも、その資本蓄積の形式そのものに一定のルールがあります。たとえば〝株価至上主義〟の自由経済社会でも、そのルールから逸脱したと司法当局から認定されれば、違法となり、パチモン（偽物）の咎《とが》で罰せられます。二〇〇六年一月二十三日、証券取引違反——風説の流布や偽計取引の容疑で逮捕された堀江貴文は、資本主義のルールから逸脱した行為をしたと判定されたわけです。さらに近年の事件でいえば、村上世彰ファンドも同じであり、耐震偽装建築のヒューザーの小嶋進や建築士の姉歯秀次、さらにはそのヒューザーを告発したと称するイーホームズの藤田東吾らは、いずれも今の時代を反映するパチモンらしさを遺憾《いかん》なく発揮した人たちでした。すべては犯罪として処理されたわけです。けれども、〝偽装〟には、どこまでも目に見えない、合法的な偽装もあるでしょう。どこまでが悪で、どこまでが悪でないのか、——現実にゆれ動く社会の現象をとらえることは、それぞれが複雑であり、難解な問題でしょう。

II　ファンド——利益追究第一の詐欺的商法

詐欺的手法 — 営利至上主義の犯罪 —

ギリシア神話の叙事詩「オデュッセイア」の主人公ユリシーズは、巧みに技術を操って、世界を欺いてゆく知恵者でした。自然や神の世界と渡り合ってゆくためには必要な知恵でしょう。「欺く」ということは決してネガティヴな知恵ではなく、政治でも経済でも芸術でも、人間が自然に対して対抗してゆくための一つの技術として許されることだとみられます。前章で扱ってきた「偽装」というのも、そうした人間の知恵の一つであるに違いありません。

伊勢神宮は、よく知られているように、二十年に一度造替《ぞうたい》をくり返し、全く同じフォーマルを継続し、古代からの伝統を守ってゆくわけですが、考えてみれば、その建築材は百パーセントが新しい材料からできている、いわば現代建築なのだと、建築史家の五十嵐太郎氏が指摘しています（『現代思想』二〇〇七年十一月号）。これも一種の「欺《あざむ》き」の技術でしょう。

「欺き」という犯罪を職業とするのが詐欺師ですが、その一つに結婚詐欺があります。

結婚詐欺師たちは、医師だとか一流企業社員だとか、女性が憧れそうな職業を名乗り、相手の結婚願望の心理に巧みにつけ込んでゆきます。被害者となる女性とは、独身女性のひとり旅の間に知り合うことが多いし、そういう仕掛けになっているのだそうです。いま、被害者の〝女性〟と言いましたが、現代では〝男性〟のほうが被害者になることもあり得るのではないでしょうか。あるいはまた、世間には「夫にだまされて結婚した」と嘆く妻がいるようですが、これは果たして詐欺罪になるのでしょうか。家庭裁判所に持ち込まれたなら、夫のほうも同じことを告げるかもしれません。それに〝学歴詐称〟とか〝収入詐称〟ということは、正式な交際の上の結婚では防ぐことができますが、〝性格詐欺〟とか〝思いやり詐称〟などというのは、防ぎようもないでしょう。

さて、現代は欲望資本主義の時代であります。利の追究、富の獲得は、資本主義経済の原則だといってしまえばそれまでですが、それにしても、〝モラルなき利益至上主義〟は人間の社会を腐敗させ、解体させてゆくことにならないでしょうか。現代の錬金術師たちは、あらゆる手段をとって利を求めます。近ごろライブドア事件やら、村上ファンド事件やらで、よく耳にする「ファンド」（資金、運用資金）ということばは現代を象徴するものです。さまざまな投資信託形態をもつ「ファンド」は要するに〝欲望の塊〟なのであり、ほとんど本能のままに利益のみを追究して行動します。〝カネ〟というもの以外のモノには価値観を置かないのです。そして、徹底して、リスクも負わないように仕組まれていますす。他人や他の企業を欺くことなどは朝飯前のことです。いったいこれは人間というものの元来持っている本質なのでしょうか。現代のような〝欲望資本主義〟の時代でなくても、〝資本〟というものが、ようやく社会を動かす原動力となりはじめたばかりだった元禄の社会にも、そうした人間の本質が十分にうかがわれるのです。

思いがけぬお宝発見 ― 定家の色紙も交じる枕屏風を太夫《たゆう》から手に入れる ―

『日本永代蔵』巻四―二「心を畳《たたみ》込《こ》む古筆《こひつ》屏風《びょうぶ》」は当代唯一の貿易港として繁栄していた長崎を舞台として、いわば〝一攫千金《いっかくせんきん》〟の夢を果たした男の物語であります。主人公は筑前国《ちくぜんのくに》博多に住む金屋《かなや》という長崎商いの貿易商ですが、商売の目算が立たず、やけくそこになって出かけていった丸山の遊女町で、太夫《たゆう》の持っていた両面が総金の枕屏風《まくらびょうぶ》に心を畳み込んで――つまり心を打ち込んで、これを貰い受けたことで大成功のきっかけをつかんだという話です。

例によって西鶴はまず、もっともらしく商人道徳を説くことからはじめます。長崎の海外貿易の中心は、いうまでもなく中国との貿易ですが、相手の「唐土人《もろこしびと》」が「律儀」で、約束をよく守って商いをするのに対して、日本の商人が、とかく貪欲でずる賢いところがあり、そのためかえって失敗することがあるのだというのです。具体的には「莨菪《たばこ》」を輸出する際の不誠実からくる貿易摩擦の例を掲げています。西鶴はそれを受けて、人をだますような商法は、あとが続かないものだ、商売はなにより「正直」の精神が大切だと教訓しているのです。

さて、ここでいよいよ主人公金屋が登場します。金屋は台風による海難事故が原因で破産し、家は荒れ放題で貧困のどん底にあったのですが、蜘蛛《くも》があくなき執念で巣を張る姿を見て発奮して、家を売った少しばかりの資金を持って長崎へ出かけ、なにかよい利益のあげられるような商品はないかと探すのですが、せっかくよい商品があっても資金不足で、京や堺の大商人には太刀打ちできず、無念の挫折をしてしまいます。

そこで、やけになった金屋は、一生の遊びおさめとばかり、昔馴《なじ》みのあった丸山の廓《くるわ》に出かけて行って、花鳥《かちょう》という太夫を呼んで情を交わします。

太夫とは初めから浅からぬ思いで結ばれて、ことに今宵はいつも以上にしんみりとした気分であったが、ふと枕屏風に目をやると、それは両面とも純金箔の立派なもので、古筆切れや短冊が隙間《すきま》もないほど貼《は》ってあったが、どれ一つとしてつまらないものはなかった。なかでも、藤原定家の小倉色紙《おぐらじきし》は、名物記にも入っていないものが六枚もあり、見れば見るほどまぎれもなく古い時代の紙で、真筆に間違いなかった。「いったいどんな人がこの太夫に贈ったのであろうか」と思うにつけても、欲心がおこり、廓の遊興のほうはどうでもよくなってしまった。それからは明け暮れ、この太夫のところへ通い馴れて、上手に取入ったところ、いつとなく太夫のほうも心を寄せてきて、自分の黒髪を惜しげもなく切ってまごころを示してくれるほどの仲になったので、例の枕屛風を所望したところ、わけもなく承知してくれたのであった。そこで、取るものも取りあえず、暇乞《いとまご》いもせずに上方《かみがた》へのぼり、つてを求めて屛風を大名方へ差上げて、かなりの金子《きんす》をいただいて、それを資本金にして、また昔のような大商人となり、奉公人もたくさん召使うような身上となった。

このあと、金屋は、再び長崎へ出かけて、太夫花鳥を身請けし、この花鳥がかねて想いを寄せていたという豊前《ぶぜん》の国の漁村の人に、立派な嫁入り道具をととのえて縁付けてあげたので、花鳥も喜び、「この御恩は一生忘れません」と言ったという。最後に西鶴は、この金屋は、たしかに一度は遊女を欺いたとはいえ、最後は憎めないやり方をしており、古筆鑑定の目利《めき》きも、商売の目利も、なかなかぬかりのない男だと、世間でも評判であったと結んでいるのであります。

この一篇の話での、主人公のとった〝詐欺〟まがいの策略を、どう評価すべきでしょうか。遊女が古筆屏風の価値を知るような教養を持っていないことを利用したやり方は、道義的にいかがなものなのでしょうか。それとも花鳥は、遊女としては超一流の格の太夫なのですから、ほんとうは屏風の価値に気づいていながら、金屋に好意をいだいて、あえてこれを許したのでしょうか。また金屋のほうは、自らの行動のうしろめたさを、どの程度感じていたのでしょうか。とにかく、いろいろと想像をめぐらすことが可能でしょう。そして、少くとも西鶴は、この一種詐欺的な一町人の行為を否定的には描いていないのです。そうしますと、ここはやはり、当時にあっても、人間のモラルとしての「正直」と、商人の戦略としての「正直」とは異なるものだということになるわけでありましょう。

利益のためには仏をも欺く ― 伏見の質屋の長谷観音信仰 ―

もう一篇、お宝鑑定団の判定を仰ぎたい話が『永代蔵』にあります。巻三―三「世は抜《ぬき》取《とり》の観音の眼《まなこ》」と題する作品ですが、この題名は、利欲のためなら仏をも欺くという意の諺「仏の目を抜く」をもじったもので、これを「仏の目」ではなく、「観音の目」としたのは、話の中に出る長谷《はせ》観音にちなんだものです。自分の欲のためには観音の目さえ抜きとってしまうような世の中だということです。

話の舞台は京の伏見、主人公はその地で貧しい人たちを相手に質屋を営む菊屋の善蔵という男です。伏見といえば、徳川家康が伏見城に在城していた時代が最盛期で、諸大名の御成《おなり》門がずらりと並び、その装飾は豪勢をきわめたものでありましたが、その伏見も今ではすっかりさびれて、大名屋敷の跡は芋畠《いもばたけ》となり、町には竹細工などの手内職で細々と暮らしを立てている貧家が点在するばかりでありました。質屋の店頭風景も、それら極貧の人たちの生活ぶりを反映して哀れなもので、西鶴は店にやってくる質の預け主の老若や性別、また古傘一本や飯炊き釜などの質物について列記体で綴ってゆきます。それでも、質屋とは非情でなければ、とうてい勤まらない商売なのでありました。

ところが、この強欲で非情な商売に励んでいた菊屋善蔵が、ある時から突然長谷観音を信仰するようになります。何故、近くにある寺や神社ではなく、遠く離れた大和の初瀬観音なのか——世間の人たちのいぶかる声を尻目に、菊屋は初瀬観音の御開帳（秘仏拝観）

まではじめます。

……何故か遠くの大和の長谷観音を信心して、にわかに通いはじめたのを、人の気持も変われば変わるものなのかと、世間ではもっぱらの評判となった。この初瀬《はつせ》寺の御開帳をしていただくには、七日間で小判一枚が必要と定められていたのだが、菊屋はわずか銀二貫の財産なのに、これをなんと三度までも御開帳をしたので、本願の施主《せしゅ》の泊まる宿坊をはじめとして、寺の坊さんたちが、その名を聞き伝えて、「またとない後生《ごしょう》願いをする人だ。古今東西、三度も一人で開帳するというのは、例のない事だ」と噂をした。ある時、菊屋が気をつけて仏前の戸帳を見ると、もったいなくも長《なが》竿《さお》で、一反《たん》の丈《たけ》をそのまま十反並べて縫ったものを、手荒く上げおろしするために、その半分ほどがひどく痛んで、いかにも見苦しい状態になっていた。そこで菊屋が「私はたびたび御開帳をしましたが、それにしても戸帳の痛みがひどいようですから、寄進して新しく掛け替えましょう」と申し出た。坊さんたちは皆喜んで、京都から金《きん》欄《らん》をとり寄せて、新しいものに掛け替えた。そして、その後、菊屋がまた「この古い戸帳をいただいて、京の三十三所の観音に掛けたく存じます」と頼むと、「お安いことだ」と譲ってくれたので、残らずこれを受け取って帰った。この戸帳の唐織は、いうまでもなく時代物の古渡《こわた》りで、柿地の小蔓《こづる》、浅黄《あさぎ》地の花兎《はなうさぎ》、紺地の雲鳳《うんぽう》といった貴重なもので、そのほかも模様がいろいろに変わっていた。そこで、これらをみな、大切な茶壺の袋や表具切《ひょうぐぎれ》として売ったので、大分の金銀を儲けて、家が栄え、銀五百貫目の身代だという世間の見積りに誤りがないまでになったのであった。もともとほんとうの観音信仰ではなく、金儲けの手段だったとは、さても抜け目のない男であった。

こうして、菊屋善蔵は一旦は家栄えたのであったが、もともとが、こうしたずるいやり方でなった金持だったので、やがては急転しておちぶれてしまい、伏見の乗合船の発着場のある京橋に出て、焼酎や清酒を売ってくらす身分となってしまったということです。西鶴は結びに、この男の生涯について「甘口にしろ、辛口にしろ、人は酔わされたり、だまされたりはしないものだ」と評しています。

さて、菊屋の詐欺的な取引きが問題ですが、本文を辿りますと、御開帳に立ち会っていて、たまたま唐織の戸帳の価値に気づいたように書かれているのですが、少し変ではないでしょうか。なにしろ、菊屋は全財産が銀二貫目、金貨にして三十三両余、現代に換算すると、約四百四十万円相当なのに、開帳三度の費用として計二十二両二分、二百九十万円以上もかけているのです。一回目の開帳から戸帳に目をつけて、以後は計画的に仕組んだものであったはずです。寺の坊さんたちを籠絡《ろうらく》しようと、あえて、なけなしの資金をつぎ込んだあたり、じつに大胆な行動であったといえましょう。

もう一つ、寺側のほうですが、由緒ある戸帳の価値を、坊さんたちが誰ひとり認識していなかったということになりますが、先の長崎の遊女と古筆屛風との関係とは少し違って、ややつじつまが合わない気もするのですが、あるいは案外そんなものであったのかもしれません。

結局のところ、菊屋は没落してしまうのですが、その原因を、菊屋のずるがしこいやり方の報いであったかのように、西鶴が書いているあたりも、やや釈然としません。何故なら、もともと、金儲けは、手段を選ばぬ機略、道徳的な〝悪〟を超越したものでなければならないことに西鶴は十分気づいていたはずなのですから。

菊屋のもともとの商売は質屋でした。今日では質屋の数は極端に少なくなっていますが、その代わり民間の金融業者の、いわゆるファイナンスと称される高利貸しが、一時ほどではありませんが、繁栄しているようです。質屋にしろ、金貸しにしろ、昔から、侮蔑や誹《ひ》謗《ぼう》の対象となりやすい職業でした。西欧では、聖書の時代から、高利貸しは教会からも追放されていました。シェイクスピアの『ヴェニスの商人』の高利貸しシャイロックは、借金のかたに一ポンドの肉を取り立てる強欲、非情な男として描かれました。伏見の貧困な人たちを相手にする小さな質屋善蔵も、どうしたって客に非情な態度で接しなければならなかったわけです。そのことが没落の遠因だったなどと解釈すると、天罰てきめんの教訓的説話になってしまうでしょう。

菊屋が詐欺的行為を働いた相手が長谷寺で、そのきっかけが観音の御開帳であった点なども、どうかすると、いわゆる〝慈善〟のお面をかぶった〝悪徳〟であるようにみなされるところです。寺に信仰のために寄進すること自体は〝善行〟ですし、現代なら、各種のボランティアとかＮＰＯなどとか、慈善グループの行動に当たるもので、世間ではこれを賞賛します。そうした行動をする人たちは、すべて高潔で、道徳的で、公正で、他人に思いやりのある人たちとみられているわけです。けれども一方、こういう〝慈善〟事業などに、不信の目をそそぐ人々もいるでしょう。〝慈善〟は〝偽善〟にすり替えられるわけです。菊屋の場合はどんなふうにみられたのでしょうか。現代の大企業が、税金対策もあるでしょうが、その利益の一部を、美術館を建てたり、学術的な研究基金制度を作ったりして社会への還元を図っているのと同じように、菊屋の心の中に、あこぎな商売をやっていることへの〝うしろめた〟さがあっての、寺への〝寄進〟行為だったのでしょうか。

考えてみれば、近代の思想を支配した〝ヒューマニズム〟とか〝人類は皆平等〟といった哲学それ自体が、根本的にうさんくささをもっているのかもしれません。〝富〟にしろ、

〝人格〟にしろ、人々が一律平等であり得るわけはありません。このあたりが社会主義の理念が、現実に歴史の流れを変えられなかった原因でしょう。世界の三分の一の人々が飢餓に苦しんでいるといわれるのに、テレビではグルメ番組がひっきりなしに放映され、スーパーにもコンビニにも、野菜でも肉でも溢《あふ》れんばかりに並べられている日本の現実からみると、いくらがんばっても、日本人はすべて〝偽善者〟ということにもなりかねません。

ここでもう一篇、〝信仰〟と〝金儲け〟とのかかわりを扱った、〝偽善〟の物語をとりあげたいと思います。

乞食にばらまく二百貫の寛永通宝 ―江戸の両替商、慈善の伊勢参り―

『永代蔵』巻四―三「仕合せの種を蒔銭《まきせん》」は、小さな銭見世から身を起した江戸の分銅《ふんどう》屋《や》という両替商が、伊勢神宮の内宮と外宮の間にある相《あい》の山《やま》に参詣人目当てにたむろする乞食たちに、地面が見えなくなるほどに二百貫の穴あき銭寛永通宝をまき散らして、人々を驚かせたという話です。「蒔銭」とは「賽銭」のことで、「散米」の代わりに、わが身の仕合せの本《もと》になるよう、まいたものです。

「人は正直を本とする事が大切で、これが神国日本、とりわけ伊勢の国のならわしだ」という書き出しではじまるこの一篇の舞台は、その伊勢神宮であります。先にふれましたが、伊勢神宮の社殿がきわめて簡素な造営のものであることも、これに共鳴するわけです。

ところが、伊勢神宮信仰には、もう一つ別の面がありました。それは現代の寺社でも変らない参宮事業の商業化であり、お参りに使う〝鳩の目銭〟と呼ばれる賽銭が六十枚つないで百文で売られていたり、神楽料やら土産品やら、神の地の繁昌は大変なものであったようです。加えて、その賑いぶりを当てにして、内宮・外宮間の間《あい》の坂には乞食芸人たちがたむろしている有様で、正直・簡素を旨とした神宮のイメージとは異なる商売上手な姿が浮かび上がってくるのでした。

さて、この間の坂にやってくる参詣人ですが、結構、財布のひもは固い人が多かったのですが、そこに例外的な人物が登場してきます。

ある時、江戸の町人が参宮にやってきた、道中の乗掛馬《のりかけ》（宿駅の駄賃馬）もさほど飾らず、駕籠《かご》蒲団《ぶとん》も寄進のための目立たぬ紫色で、供を二、三人つれて、御師《おし》（神官）のつけた案内人にまかせて、伊勢山田を出る時、新鋳の寛永通宝を二百貫文用意して、これを駄馬に積み、間の山五十町の間、それをまき散らしたので、大道は土も見えなくなる有様で、野も山もすべてが銭掛《ぜにかけ》の松かと思われるほどであった。乞食芸人たちが先を争ってこれを拾うと、松原踊りをする乞食たちの袖にあふれ、銭を受けとる味《み》噌漉《そごし》のざるからこぼれるほどで、しばらくは小唄の撥《ばち》の音も鳴りをひそめてしまい、「いったい、この人はどういう長者様なのだろう」と、その名を尋ねたところ、江戸は堺町のほとりに住む分銅屋《ふんどうや》の何某《なにがし》という、世間の人にはあまり知られていない金持ちであった。

ここで、乞食たちにばらまいた銭二百貫は、今の金額でいえば約六百六十万円相当ですが、どうして、そのような身分になれたのかということが、後半部で語られることになります。

この人は、はじめは、江戸の芝居小屋の多かった堺町の、ごく小規模な銭《ぜに》の両替屋だったのですが、芝居の入場券を売る際に、一々目方を量って取り引きする銀貨を扱う場合、僅かずつですが秤目《はかりめ》をごまかして儲け、そこから少しずつ蓄財していった経緯がありました。そして、やがて、一つランクが上の本格的な両替屋に出世していったのでした。

このあとは、この両替商分銅屋とは対照的なお隣の見世物小屋の主人の話や、一見派手だが、浮き沈みの激しい世界に生きる女形役者千之丞の話に脱線してゆくのですが、最後には、当時の江戸の繁栄の様子を描き、また一方では、対照的に貧しい下層階級の人たちのくらしぶりにも筆を及ぼしてゆきます。西鶴はここで「貧乏人はどこまでも貧乏人」で「金持はどこまでも金持」であるという、今日でいえば「勝ち組」「負け組」のはっきりした格差社会ですが、そうした元禄時代の浮世の有様への感慨を述べ、さらに長年手馴れた数珠屋《じゅずや》に見切りをつけて刀・脇差屋に転じた男が、一時はうまく繁昌したものの、結局は失敗して、元の数珠屋稼業に戻って、やっと命をつないだ男の例を出して、町人は己れの商売一筋に歩むべきだと教訓しているのであります。

江戸時代を通じて、以後ますます盛んになるお伊勢参りの一コマが、ここではかなり西鶴流の誇張によって描かれているわけですが、西鶴の浮世に対する批評精神が生きいきと働いているところです。また、冒頭に、人は正直であるべきことを、神道国日本の精神として掲げながら、主人公分銅屋の成功の秘訣が、銀貨の秤目のごまかしであったというのも皮肉です。そして、その分銅屋が、参宮して、銭二百貫もの大金をまき散らすというパフォーマンスを演じたのも、その「正直」の精神を少しでも取り戻そうとする、いわば罪滅ぼしのつもりであったのかもしれません。でも、そこには、なんとなく計略的な〝慈善〟、見え透いた〝偽善〟の匂いが漂っています。人間の悲しい性《さが》のような気もするではありませんか。

漆《うるし》を拾って漆長者 ― 好運が福を招く話 ―

『永代蔵』巻一―二「二代目に破る扇の風」には、路上で拾った封じ文の中に一歩金一つが入っていたので、一度は宛名にある島原の女郎に届けようとしますが、結局はその金

で遊興してしまう話が出ていますが、芭蕉一門の連句「むめがゝに」の巻（『炭俵』）にも、

門しめてだまってねたる面白《おもしろ》さ　芭蕉
ひらふた金《かね》で表がへする　野坡《やば》

という付合が出てきます。前句の「だまってねたる」になんとなく、ひとりほくそえんでいる人の気配があるので、付句は、拾った金をこっそり着服して畳の表替えをした、と出してきたわけです。当時は少々の金を拾っても、公に届け出る必要がなかったので、こんな付句がつくられたのです。けれども、高価なものとなると話は違ってくるでしょう。現代でも、一万円札が束になって入っているカバンが発見された事件など、よくテレビや新聞を賑わせる話題となります。

『永代蔵』巻六—四「身代《しんだい》かたまる淀川《よどがわ》の漆《うるし》」は、表題のとおり、淀川に浮いていた漆のかたまりを拾ったことが機縁となり、身代を固めて産をなした話です。『本朝二十不孝』

の巻五―二「心をのまれる蛇の形」にも漆を拾う話が出てきますので、そういうことが現実にあったのでしょう。主人公の淀川の里に住んでいた与三右衛門という男は、はじめは、ささやかな家業を営んでいたのでしたが、偶然に好運が舞い込んできたというのです。

ある時、降り続いた五月雨《さみだれ》のころ、長堤も高波が越したので、村人は太鼓を打ち鳴らして人足を集め、この水を防いでいたが、淀の小橋のあたりは、ふだんでも淵《ふち》をなしているので、今日の川の景色はことにすさまじく、阿波の鳴門《なると》を目の前に見るように渦が逆巻いていた。その渦巻の中から、小山ほどの黒い物がびゅっと浮き出し、行く水につれて流れてゆくのを、見ている人たちは「鳥羽《とば》の車牛《くるまうし》であろう」と指さして話し合っ

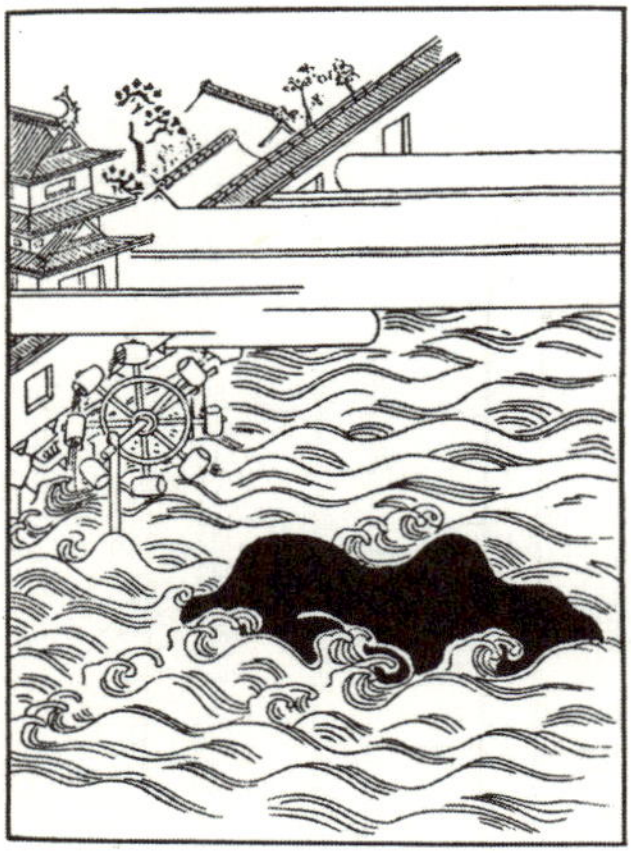

巻六の四「身代かたまる淀川の漆」
淀川に流れこんだ漆のかたまり

ていた。与三右衛門は、牛にしては大きすぎるのに気づいて、これを跡から追いかけて行くと、渚《なぎさ》の岸の松に引っかかって止まったので、近寄って見ると、年々、方々の谷から流れ出してきて固まった漆《うるし》であった。これは天の与えとばかり喜び、砕いて淀の上荷舟《うわにぶね》で取り寄せ、ひそかに売ったところ、この一つのかたまりが千貫目以上になり、この里の長者となった。

こうして、お金持ちへの道を歩みはじめた与三右衛門でありましたが、西鶴は、自分の知恵や才覚での成功者ではなく、ただ好運にめぐり合わせただけの出世談には、かなり批判的な物言いをしています。それは親からの遺産を譲り受けたり、博奕《ばくち》で勝ったり、にせ物の商品で稼いだりしたのと同じことだとみているのです。与三右衛門の場合、必ずしも不正による利益からの成功とは断じ切れませんが、少くとも、商人の歩むべき大道ではないということなのでしょう。

こうした物言いをさらに受けて、西鶴は、そのあともまともに働かずに富を得ることを非難し、たとえ破産したとしても、どこまでも「正直」に心を尽すべきだとしています。世間を欺くのはいけないことなので、たとえば、当時多かったらしい計画倒産の実態などをやり玉にして描いてゆきます。

さて、本筋の与三右衛門ですが、一たんはそうした栄華に充ちた生活ぶりがかなり誇張されて描かれてゆくのですが、たまたま石清水八幡宮《いわしみずはちまんぐう》の神事の儀式にかかわったことで失態をやらかし、そこから一転して没落への運命を辿ることになるのでした。まもなく家は断絶してしまい、今ではその名だけが、はやり歌にとどめているだけになってしまったというのです。

全体を通してみますと、どうも、主人公の成功から破滅への道は、仏教的な因果応報《いんがおうほう》咄《ばなし》を骨格としているようにも読めるのです。致富の源となったのが、漆の不法な占有であったように書かれているわけです。べつに盗んだわけでも横領したわけでもなかったとみられるのですが、西鶴はこれを合法的なものと判断していないようです。それは「正直」や「才覚」の力による成功ではないからでしょう。

現代の社会でも、類似した話は、いくらでも探し出せそうです。太平洋戦争敗戦直後の時代には、闇市がはやりましたが、アメリカの進駐軍からの払い下げ品を、特別のルートで売りさばいて闇成金になった多くの人がいました。それを元手に立派な企業をつくり上げた例もあったでしょう。〝カンブリア宮殿〟というテレビの番組（二〇〇八年二月十一日放映）では、家電や諸道具など、いらなくなった廃品を再生させて利益をあげることに成功した「生活創庫」と名のる企業のことが取り上げられました。また半ば公共のものを利用するという方法でいえば、郵貯の保険金によって次々につくられた保養施設なども、いくぶん類似した性格をもっているのではないでしょうか。そのほか、〝内部告白〟でもない限り、表沙汰にはならないような陰のわるだくみは、無数にあるはずなのです。

高利ファイナンスの恵み ― 泉州水間寺の利生《りしょう》の銭の話 ―

消費者金融、商工ローン、闇ファイナンスなど、現代の世の中でも、高利貸の存在は欠かせません。彼らは、ある意味では、社会に貢献するサービスを提供しているわけですが、とかく世間の風当たりは強いものであります。

ところで、経済学では、お金の貸し借りとはどういうものかを、「時間の選好率」のちがいによって説明するのだそうです。「時間の選好率」とは、「現在手元にある金を、将来受けとることになっている金と交換する時の割合」で、たとえば、A氏が、今すぐに金が必要なので、将来のことは考え及ばないから、来年になって二万円貰うよりも、目前にある一万円の方を喜ぶとすると、この場合、A氏は高い時間選好率を持っているということになるのです。反対に、目の前に一万円札を出されても、一年間待って一万二千円を貰えるまで我慢しようと考えるB氏は、時間選好率が低いことになります。そして、世間一般では、高い時間選好率を持つ人が金を借りる立場になり、低い時間選好率を持つ人が金の貸し手となることになります。ですから、たとえば、今すぐ一万円を借りたいA′氏と、一年後に一万二千円貰えれば、今一万円貸してもいいと考えるB′氏がいて、たとえば一年後に一万五千円を受け渡すことで合意したならば、金の貸借の取引きが成立し、A′氏・B′氏ともそれぞれ利益を得ることになります。このように金の貸し借りというのは一つの取引きであります。取引きによって、双方に利益をもたらすわけです。その場合、自分の持つ金でなく、他人の持つ金を貸すケースもありますが、これは貸し手と借り手のあいだを取り持つブローカーというべきでしょう。

『日本永代蔵』の巻頭を飾る巻一—一「初午《はつうま》は乗って来る仕合《しあは》せ」は、泉州（大阪府南部貝塚市）にある水間寺の「利生《りしょう》の銭」という奇妙な風習——参詣人に銭を借し、一年後には倍にして寺に返済してもらう——を扱った話です。この銭は仏が人々に利益を授けてくれるものとされたので、大いに喜ばれましたし、またなにしろ観音から授かった銭なので、返さなければ罰が当るというので、人々はきちんと返済しますから、寺側は全く安全で、高利の収入になる貸し手になるわけです。

この一篇では、水間寺から、なんと銭一貫文（約三万三千円）もの大金を借りた江戸で舟問屋を営む男が、この〝利生銭〟を漁師たちに幸運を呼ぶ〝仕合丸《しあわせまる》〟と名づけて、一年二倍の返済条件で〝又借し〟して十三年目には元金一貫文が八千百九十二貫文の大金になったので、この金を水間寺へ馬で運んで献上したという話であります。寺側もそれに応えて記念の宝燈を建立したのでありました。二月最初の「初午」の日の水間寺の縁日の日に参詣したら、その午＝馬に乗って来たかのように「仕合せ」がやって来たという意味が題名に託されているわけです。

『永代蔵』全篇には序説に当たるものは掲げられていないのですが、この巻一―一にはかなり長文の序説が、あたかも全篇の序説のように出ています。西鶴はそこで、一、始末して金銀をためなさい、二、金銀にまさる宝はない、三、金銀を得るためには家業に励みなさい、四、神様をよくまつりなさい、といった四箇条を提言しています。これはまあ、当時の常識の域を出るものではありませんが、これらを、あたかも神様のお告げのようなかたちで示しているのです。ここには金銀の価値を絶対視する西鶴の見解がはっきり出ていますが、ただ西鶴にはその反面で、金銀というものの危うさ、もろさへの認識もありました。

さて、先程すでに要約しましたように、話の発端は泉州水間寺観音の初午の日の境内が貴賤男女の参詣人たちで大賑いしている描写からはじまります。それは必ずしも、人々の信仰心の集まりではなく、仏の御利益——〝利生の銭〟にあやかりたいという欲心から発しているものでありました。そして、次にその奇妙な借銭の風習が紹介されます。

いったい世の中で、借銀の利息ほどおそろしいものはない。この御寺では参詣人たちが借銭をする風習があった。その年一文（約三十三円）借りたら、来年二文にして返し、百文借りれば、二百文にして返済することになっていた。これは観音様の銭のことなので、みんなまちがいなくお返しをする。たいていの人は、五

巻一の一「初午は乗って来る仕合せ」
網屋が水間寺に銭を運んできた通し馬

文とか三文とか、十文以内を借りるのであったが、ここに借銭《かりぜに》一貫と申し入れた男があった。

これはこれまで例のない高額の借銭でしたので、寺の僧たちはあわてるのですが、まあ仕方なく、今回限りのこととして貸し出します。

じつは、この男は江戸小網町の〝網屋〟という船問屋なのでした。先にも述べたように、このあと水間寺からの借銭を、出船してゆく漁師に百文ずつ借して、翌年二倍にして返済させるという金貸しを続けて、十三年間に八千百九十二貫という莫大な金額を儲けます。そして、水間寺へ全額寄進したのでした。

ところで、こうしてみると、網屋の手元には一銭の金も残らないことになり、それが網屋の繁栄とどうつながるのか、ちょっといぶかしくも感じますが、抜目のない男のことですから、うまく活用して資金は確保していったのでしょう。このほかにも、二年目に返済すべき銭を十三年間も無断で借り放しにしている点など、細かい筋道では矛盾もありますし、結末部の大金を東海道の通し馬で返しにゆくといった派手なパフォーマンスも、いささか異常といえば異常でしょう。そのあたりは近代的なリアリズムとは一線を画する浮世草子といわれる世界の趣向とみるほかはありません。いずれにしましても、この一篇、〝信仰〟と〝高利貸〟という一見相反する人間の〝心〟と〝営み〟を結びつけた風変りな作品になっています。

III　アイディア商法列伝

平成の創業者たち ―「カンブリア宮殿」に登場する経済人―

テレビ東京系の番組（月曜午後十時放映中）の「日経スペシャル・カンブリア宮殿」は、毎回、日本のトップ経済人――企業創業者たちを迎えて、司会の村上龍と小池栄子がインタビューするものですが、現代の世相を直接反映して魅力の尽きない番組です。今から約五億五千万年前、地球生命の歴史上の大変革が起きた時期のことを「カンブリア紀」と言いますが、それはさまざまな生物が一斉に地球上に出現して、未来への進化を担った時代でありました。そして、経済の大変動が起きている平成の日本には、未来の日本の進化を担うさまざまな人々が現れているのであり、それはまさに「平成のカンブリア紀」だというのです。

新しい企業を起こすためには、アイディアと実行力が必要になります。そのアイディアは、なによりも新鮮でなければなりませんが、ときにはそれが危険因子や反道徳因子と紙一重のところに成り立つ場合もあるわけです。これまでみてきたような〝偽装〟や〝詐欺〟の商法も、案外そうした紙一重の位置にあることが多いと思われます。

五十嵐太郎の著に『「結婚式教会」の誕生』（春秋社）という本があります。結婚式に使用するためだけに建造された教会で、ウエディング・チャペルと呼ぶのだそうです。たとえば名古屋のセント・ジョージ教会とか東京八王子のグランドビクトリア八王子などが知られています。いずれも、ゴシック風の伝統的なデザインにこだわり、建物の一部に古材を用いたり、海外の教会からステンドグラスを輸入したりして、どこまでも外観上の本物らしさを出すことに徹しているのです。まさしく偽装の教会であり、一種のテーマパークのようなものであります。それでも実際の教会で結婚式をあげるための煩雑な手続きをしなくてすむので好都合なのでしょう。

現代では、さまざまなベンチャー企業が次々と立ち上げられ、また消えてゆきます。優秀な技術力と人材を擁しながらも、融資に見合う担保がなく、将来に危険性も大きいが、また発展性も期待される企業であります。〝ベンチャーが切り開く21世紀〟とか〝日本の起爆剤となる新興市場〟といった掛け声があっても、ライブドア・ショックのような現実がいつ現われるかわからないのです。

ソフトバンクグループを率いる孫正義社長など、まさに現代企業のヒーローといってよいでしょう。回転の速い頭からくり出される発言は自信と確信に充ち、つねに〝強気の勝負師〟であり続けています。一九九六年一月、アメリカのヤフーに百億円を出資する大博打に勝って、大躍進を遂げるきっかけをつかんだのです。リスクを怖れず、大胆に勝負する孫は、なるほど〝創造的破壊者〟と呼ぶにふさわしいでしょう。こうした創造的な人物は、レベルや規模の差はあるでしょうが、元禄の社会にも、数々みられるのです。今までは主に〝偽装〟や〝詐欺〟の商法で成功した人物に焦点を当ててきましたが、ここからは『永代蔵』に描かれるアイディア商法で成功した人物をとりあげ、その手法を、必ずしも原作の話の展開に即さずに、それぞれ簡潔に紹介してゆくことにします。

デパート商法の創始 ― 越後屋三井九郎右衛門 ―

『永代蔵』巻一―四は、今の三越の前身越後屋呉服店や今の三井住友銀行（旧三井銀行を含む）のルーツ三井両替店で大成功した三井八郎右衛門（作品では九郎右衛門）をモデルとした典型的な致富談としてよく知られています。その新商法のポイントは「現金、切り売り、掛値《かけね》なし」という今日のデパート商法でありました（もっとも、現代ではデパート商法は壁に当たっており、むしろクレジット販売のほうが盛り返していますが）。当時行われていたお出入り商人による掛商《かけあきな》いをやめ、呉服物も一反売りが普通であったのを、必要に応じて切り売りすることにした画期的な商売のしかたでした。

前半は、そうした三井の商法の話題をとりあげるための前提として、とかく町人までもが華美・奢侈《しゃし》になっていた当代の風俗描写などを綴ることからはじめ、京の室町の仕立物屋を舞台に、綺羅《きら》を本とする武士の服装について言及しています。後半は、舞台を、その武士の町江戸に移し、武家屋敷での入札制度の競争の激しさから、資金繰りも苦しくなっている呉服商の実情を紹介し、そうした中で新商法をはじめて不況を打開しようとした三井呉服店の店頭風景を描写しています。

「三井九郎右衛門という男は、手持金の威力で、昔の慶長小判とゆかりのある駿河町に、間口九間、奥行四十間に、棟の高い長屋造りの新店舗を出し、すべて現金売りで掛値なしとして、四十人以上の利口な手代を自由にあやつり、一人に一種類の品物を担当させた。（中略）おまけにびろうど一寸四方でも、緞子《どんす》を毛貫袋《けぬきぶくろ》になるほどでも、緋繻子《ひじゅす》を槍印《じるし》にするだけの長さでも、竜文模様の綾絹を袖べり片一方分だけでも、自由に売り渡した。ことに奉公口のきまった侍が、急に主君にお目見えする際の熨斗目《のしめ》や、いそぎの羽織などは、その使いの者を待たせておいて、数十人ものお抱え職人が居並んで、即座に仕立てて、これを渡してやった。そんなふうであったから、家が繁昌し、毎日金子《きんす》百五十両平均の商売をしたという。

巻一の四「昔は掛算今は当座銀」
三井呉服店の店頭風景

三井にはまず資本力があったことが強みでしたが、ここに描かれるように、呉服扱いにそれぞれ専門の手代を置いたり、また急ぎの場合には、礼服など、その場で店の職人に仕立ててしまうなど、さまざまのアイディアを実行しているわけです。間口を広くとって、店員が横並びで大勢の客に応待できるようにしたのも、上方風の店構えを一変させたことになります。

今日でも、何か新しい商法をとりいれることには、やはり勇気が必要になります。先の「カンブリア宮殿」には、新しいアイディアで勝負した企業の創設者が次々と登場しますが、たとえば、旅行業界を一新させた元祖ベンチャー澤田秀雄がはじめたＨＩＳ《エイチアイエス》などはその一つでしょう。なにしろ、旅好きで、安く旅行をしてきた自分の経験を生かしてはじめたのですが、これを事業化してしまうまでには、資金の面でずい分苦労があったようです。澤田は、要するに強い意志を持ってチャレンジすれば、正しいことはわかってもらえるものと語っていました。

捕鯨技術の大革新 ― 鯨突き名人天狗源内の話 ―

巻二―四「天狗《てんぐ》は家名《いえな》風車《かざぐるま》」は、鯨突きの名手で、鯨油の製法や鯨網漁法を発明して大分限者《だいぶげんしゃ》になった天狗源内《てんぐげんない》の話であります。「天狗」は家名で、その旗印が「風車」であったことから題名がつけられています。舞台は紀伊半島南端の熊野の国の、古くから捕鯨の盛んだった太地《たいじ》です。はじめは鯨を追い込んで銛《もり》で突く漁法でしたが、延宝五年（一六七七）から網を使って捕る効率のよい漁法がはじまったとされていまして、西鶴はこの発明、改良の手柄を主人公天狗源内にすべて仮託して物語化しているわけです。

まず、鯨突き名人源内の勇壮な捕鯨の様子が実況中継するように描き出されます。巨鯨も捕れ、太地の港は賑わいます。源内はなかなかの才覚人でもあったわけで、それまで捨てられていた鯨の骨から油を採って儲けたりしました。さらにまた、

> 近年はさらにまた工夫して、鯨網というものをこしらえ、鯨を見つけしだい、全く捕りそこなうことがなかったので、今では、どの浦々でもこれを使うようになった。以

前、源内は粗末な浜辺の小さな家に住んでいたが、今では檜木造りの長屋を建て、二百人余りの漁師をかかえ、舟だけでも八十艘《そう》、何事にしても調子よく、今では金銀がうなるほどたまり、いくら使っても減ることのない金持ちになった。

と大発展してゆくのでありました。まさに、一介の漁師から一大企業のトップに立ったのです。

　この一篇の後半部は、主人公源内の日頃からの信仰心の深さが紹介されますが、たまたま正月十日の西の宮恵比須《えびす》神社への参詣で、大幅に時間を遅れてしまうのですが、これが逆に幸いして、恵比須様からお告げをいただき、それによってまた一儲けして、ますます家は栄えたというのです。

　源内は、技術者そのものとして一流であったのですが、同時に発明家としても秀れており、さらに企業家としても手腕を発揮したのでした。現代の社会でも、こうしたケースによく似た成功者はたくさんいるのではないでしょうか。

紅染め染料の技術開発 ― 貧乏神の御託宣をヒントに ―

俗に〝苦しいときの神頼み〟といいますが、商人にとって蓄財の夢を神仏に祈りたい気持ちが起きるのは仕方のないことでありました。『永代蔵』巻四―一「祈る印《しるし》の神の折敷《をしき》」は、神様――それもなんと〝福の神〟ならぬ〝貧乏神〟に祈って、折敷（盆）に供物をあげたおかげで金持ちになったという話です。主人公は染物屋を家業とする桔梗《ききょう》屋夫婦――いくら稼いでも貧乏から抜け出せなかったのですが、開き直って〝貧乏神〟の藁人形を飾って、これに祈りをささげたところ、どこの家でも嫌われる自分を祀ってくれたことへの恩返しに、夢の中で長者になるための御託宣を授けてくれることになります。

「……この恩を忘れるわけにはゆかないぞ。この家に伝わっている貧乏な運命《さだめ》を、長者の二代目の奢り者に譲って、たちまちにお前のところを繁昌させてやろう。いったい、くらしの立て方はいろいろあるが、柳は緑、花は紅《くれない》だ」と、二、三度、四、五度とくり返し、それはあらたかな夢のお告げであった。桔梗屋は夢から覚めてもこれを忘れず、ありがたく思い込んで、「わたしは染物屋なのだから、〃紅《くれない》〃というお告げは、まさしく紅染《もみぞ》めのことをいうのだろう。しかし、これはすでに小紅屋《こべにや》という人がたくさん仕込みをしていて、世間の需要をみたしている。それればかりか近年は、やはり紅色の〃砂糖染め〃というのを工夫した者もあり、深い知恵のある人が多い京のことだから、並々のことで儲けるなどとは思いもよらない」と、明け暮れ工夫をこらしていたが、蘇芳《すおう》で下染《したぞ》めして、その上を酢で蒸し返すと、本紅《ほんもみ》の色と全く変わらないものになることを発明した。これを秘密にして染め込み、自分で荷物をかついで江戸に下り、本町の呉服屋に売って、京への上《のぼ》りの商いには奥州筋の絹と綿を仕込み、さす手ひく手に油断のない、鋸《のこぎり》商いをして、十年立たぬうちに千貫目余の金持となった。

このあと桔梗屋は手広く商売をしてゆくようになるわけですが、西鶴は後半部では、この話を例に、若い時の苦労があってはじめて繁栄があるのだといった教訓を語り、町人にとって出世とはどういうことかを説いてゆくのであります。

「柳は緑、花は紅」といった文句をヒントに染料技術を開発するというあたりは西鶴の趣向でしょうが、開発したものは「本紅《ほんもみ》」ではない、それに似せた一種の〝擬似商品〟ですから、これも〝偽装〟の商法の一つに数え上げてもいいかもしれません。桔梗屋がこれをわざわざ江戸まで下って売ったというのも、正規のルールでは売れないうしろめたさのゆえかもしれません。

現代では、新しい商品開発は、神のお告げによっては生まれません。しかし、〝お告げ〟ではなく、何かの人の話がヒントになって、発明がなされることはあるでしょう。

「カンブリア宮殿」に登場する発明家をみてゆきますと、やはり発明は科学的な努力の継続の賜物《たまもの》なのだということがわかります。西鶴の描いた桔梗屋の染料の開発の場合でも、細かい経緯は省かれていますが、そこには並々ならぬ努力の継続があったとみられます。

「カンブリア宮殿」で紹介された企業家のひとりに、京都府南丹《なんたん》市に本社のある「男前豆腐店」の社長、伊藤信吉さんがいました。ここで売り出されたのは「風に吹かれて豆腐屋ジョニー」という奇妙な名前の新作豆腐です。それまでの豆腐の概念をぶち破り、クリーミーで、ババロアのような、なめらかな豆腐で、普通の豆腐より値段が高いのですが、ヒット商品になったのです。それまでの安売り競争の流れには逆行する発想でしたが、この新しい豆腐を製造することに成功するまでには、科学的な技術開発のための継続的な努力があったことはいうまでもありません。

ここでは、もうひとり、〝町工場の星〟とか〝金型の魔術師〟の異名をとる岡野工業の社長岡野雅行さんのことも想起されます。従業員わずか六人の小さな町工場なのに、岡野さんは、ここで世界のどこでも作れなかった製品を次々と世に送ってゆきました。新しい風防《ふうぼう》の発明による格段に音質のよいマイク、携帯電話に必要な、小型のリチウムイオン電池、さらには痛くない注射針など、すべては岡野さんの加工技術の高さから生れたものです。二〇〇六年一月、その工場を訪れた、当時の小泉総理が「すごいもんつくったね」と、世界一細い注射針に驚嘆したそうです。

金餅糖《こんぺいとう》製造法の発明苦心談 ― 貧者から一代で産をなした長崎町人 ―

『永代蔵』には、町人にとって何よりも必要な「知恵」「才覚」を生かした話がたくさん出てきますが、巻五―一「廻《まは》り遠きは時計細工」では、副題に出る「長崎にかくれなき思《し》案者《あんもの》」が、その〝思案〟〝工夫〟を重ねて、南京渡来の「金餅糖」の製法を自立で〝発明〟する話が、一つの中心になっています。中国人は父子孫まで三代もかかって時計細工を完成させたといいますが、それでは金儲けの種にはならない、こちらはたった一代で産を成したということを強調しているのでしょう。

貿易港長崎には唐人（中国人）がひっきりなしにやってきますが、いずれも律儀な人が多く、商売下手で金儲けには遠いところがあるのですが、それにくらべて日本人にはなかなかのやり手が多いことだというふうに話をはじめ、そのやり手のひとりとして、長崎の貧しい町人を紹介していきます。金餅糖は、それ以前にも京都の菓子屋なども、いろいろ製法を試みたのですが、それが胡麻《ごま》一つぶを種としてできることに気づかないままになっていました。

これをはじめに気づいたのは、長崎に住む貧しいひとりの町人だった。二年あまりも、金餅糖の製法に苦心して、中国人にも尋ねてみたが、まったく知っている人がいないので、悩んでいた。実直な人が多い外国人でも、よいことは深く隠すものとみえる。たとえば胡椒粒《こしょうつぶ》でもこれに熱湯をかけて輸出されてきているので、輸入した日本ではその胡椒の木の形を見た人もなく、いくら蒔《ま》いても生えてくることはないのだった。だが、ある時、高野山の何院とかで、一度に三石の胡椒を蒔いたところ、この中から二本だけ根をおろして、しだいにはびこり、今では世間にたくさん普及している。「この金餅糖も、種のないことがあろうか。胡麻に砂糖をかけてだんだんまろめていったものなのだから、第一に胡麻の仕掛けに秘密があるのだろう」と考えついて、まず胡麻を砂糖で煎じ、幾日も干し乾かしたあと、煎鍋《いりなべ》に蒔《ま》いて並べると、温まってゆく

につれて、胡麻から砂糖を吹き出し、自然に金餅糖となった。胡麻一升を種にして、金餅糖二百斤《きん》になった。一斤が銀四分（十分の四匁）でできたものを銀五匁で売っていたところ、一年もたたないうちに、これで二百貫目を稼ぎ出した。

ここで「胡椒」のほうは、原産地のインドやジャワからオランダ船で長崎へ運ばれてきていたものですが、すべて蒸してあるものですから、これを蒔いても芽は出なかったわけです。また「金餅糖」はもともとポルトガル語で、この字はあて字ですが、太平洋戦争前までは子供のお菓子として身近にあったものです。球状で周囲にいぼ状の突起のある砂糖菓子で、江戸時代当時、宣教師によってもたらされたものでした。

さて、そのあと、この金餅糖発明者の賢明だったのは、この菓子の製法が広く世間に一般化してしまうと、さっさと転職して小間物屋を出して、富を築いたことでした。西鶴はこの話に続けて、こうした一代成功者の住む「宝の津」である長崎の繁昌ぶりを詳細に描きます。そして、なんといっても長崎貿易を実際に牛耳っているのが、京・大坂・堺・江戸の町人で、なかでもその商家の手代であることに注目し、それぞれの手代像を紹介してゆきます。そして最後は再び、長崎ではつきものの珍しい渡来物の話で結んでいます。

包装革命 ― 拾い集めた蓮の葉で包んだ小売味噌商法 ―

日本では商品を洒落た包装紙に包んで手渡すのが、いつのころからか普通になっています。書籍などでは、美しいカバーがあるのに、さらにその上に紙カバーをつけてくれます。ケーキなども、とくに誕生日プレゼントなどでなくても、きれいな色のリボンで結んだりしてくれます。賞味期限で問題になった北海道土産の〝白い恋人〟なども、その気の効いたネーミングと包装デザインのよさも、セールスポイントであったようです。デパートなどの包装紙でも、三越とか高島屋とかが現実にブランドの力を発揮しています。

ところが、近年は、その過剰包装が資源の無駄づかいになるとのことでやり玉に上がってもいます。スーパーなどでは、ビニールの商品袋を節約する運動も起ってきています。すべてエコロジー（自然・環境保護）の問題となります。

『永代蔵』巻六―一「銀《かね》のなる木は門口《かどぐち》の柊《ひらぎ》」は、主人公年越屋《としこしや》の門口に大木の柊《ひいらぎ》があったので、それを、何事も質素で実用主義を第一として分限になった主人公にとって「銀の生る名木」だと見立てた題ですが、年越屋の繁昌の第一歩が一種の包装革命にあったエピソードが、その中核をなしているといってよいでしょう。

……山家へ毎日売っている味噌を、どこの店でも小桶や俵をこしらえて入れるので、その費用が莫大であった。そうした時に、この親父が新しく工夫して、世間の人が七月の魂祭の棚をこわして、お供えしてあった桃や柿を川の瀬に流してしまうのに気づき、川岸へ行って、廃《すた》りものになった蓮の葉を拾い集めて、それで一年中の小売り味噌を包むことにした。この利口なやり方を世間でも見習い、今ではこれに包まずに売る国はなくなった。

かつては八百屋などでは野菜や果物を古新聞紙で包んで売っていたのを想い出す人も多い

でしょう。米は俵に、味噌や醤油は桶に、というのが江戸時代では普通でしたでしょうが、やがて丈夫な紙袋やビンに代わっていきました。

ところで、年越屋のこうした発想は「始末」「倹約」の精神にあったわけですから、その後も、生活はあくまでも「質素」「倹約」を旨とし、たとえ庭に植える木ひとつにしても、鑑賞用の「花」の咲く木ではなく、「実」のとれる木を茂らせたのでしたが、こうした超堅実型の一代目親父とは正反対に、二代目の惣領息子が大変な派手好きであったことから、年越屋の没落がはじまります。まず嫁迎えの際の見栄をはった豪勢な結納品の用意からはじまって、店・屋敷を立派にする建て替えの費用など、結果はすべて裏目に出て、商売は急速に下降することになってしまいました。ついには普請した屋敷まで人手に渡さなければならなくなってしまったのです。

こぼれた米を拾ってつくったへそくり金 ―日本一の北浜の米市の賑い―

金儲けはいいかわるいか――とかく金儲けそのものには批判の矛先が向けられるのが常

であります。第一に〝お金は額《ひたい》に汗して稼ぐものだ〟という主張、第二には〝弱者からの搾取《さくしゅ》はいけない〟という批判、第三には他人の無知につけこんだ〝卑劣なやり方はいけない〟といった非難がそれであります。しかし、利潤とは、他の人がまだ気づかないチャンス（収益機会）を見つけて、それをモノにすることですから、その利潤をあげること自体は決してわるいこととはいえないでしょう。

『永代蔵』巻一―三「浪風《なみかぜ》静かに神通丸《じんづうまる》」は、波も風も静かな海を北前船の神通丸が航行して大坂に繁栄をもたらしているという意を託した表題で、西鶴の地元である経済都市大坂――とくに全国の市場の中心地である北浜周辺の繁栄ぶりを、景観描写をまじえて描いた作品であります。前半は、その北浜で活躍するような大商人になる道、その心がけなどを説いていますが、後半には、そうした寛文以降の大坂の経済成長期に、母子二代にして富を築いて一流町人となった話が、一つの挿話として出てきます。

「この北浜に九州米を水揚げする際、米俵からこぼれおちる筒落米《つつおちごめ》（米刺しの筒からこぼれおちる米）をはき集めて、その日暮しをしている老女があった。（中略）いつの頃であったか、諸国の田租《でんそ》（税）の率が引き上げられたので、諸大名の年貢米がふえ、この浦にも米船《こめ》が大量に入港して、夜昼かかっても陸揚げしきれず、借蔵《かりぐら》も一杯になって、俵の置き所もなく、あちこち運びかえるごとに落ちる米を、この老女は塵と一緒に掃き集めたのだが、朝夕食べても、なおそれがたまって一斗四、五升ほどになった。これから欲が出て、倹約してためてみたところ、はやその年の中に七石五斗にもふやして、これをひそかに売り、翌年はなおまた、同じようにしてふやしたので、毎年ふえ続けて二十余年間にへそくり金が十二貫五百目（二千七百五十万円ほど）になった。

これが元手になり、心掛けのよい息子が小判の日貸しなどで儲けて、今橋のほとりに、はじめ銭店を出し、さらに十年も経ぬうちに本両替店に昇格させて、大名家にも出入りし、歴々の町人から嫁を迎えるまでの大町人となったのでありました。

筒落米を拾い集めるのは非合法ではなかったのでしょうが、現代なら、さしずめ路上生活者がコンビニの廃棄した弁当などを拾って食いつなぐのにも似た心理であったかもしれません。あるいは廃品回収業のような性格にも通じるものであったでしょうか。前に巻六―四「身代かたまる淀川の漆」を扱ったところでふれました、「カンブリア宮殿」が紹介した「生活創庫」の創業者の発想も、ここで想い起こされます。「ゴミの山は、宝の山だ！――リサイクルショップに見る、大量消費社会の現実」という見出しで放映されましたが、創業者堀之内九一郎さんは、もとホームレスから、総合リサイクルショップ「生活創庫」を起こし、これをついに年商百二十億円の大手企業にしてしまった人です。何度も倒産や廃業をくり返した上のことでしたが、町のゴミ集積場には、まだまだ使える家具や家電が大量に捨てられていることに気づいて、これを拾い集めて修理して再生させたものを売り続けてきたのでした。これも他人の気づかないことに気をつけてはじめた商売であったわけです。

Ⅳ　元禄の保険金殺人未遂事件
——『本朝二十不孝』と遺産相続

今どき、〝ヒューマニズム〟などということばはめったに耳にする機会もないですが、人間の生命を取引きの材料にして金で買うのに等しい〝保険金殺人〟ほど馬鹿げたものはないでしょう。つい最近も、三浦和義事件が再び大々的に報道されました。一九八一年にアメリカ・ロサンゼルス市内で、妻の一美さん（当時二十八歳）を銃撃して殺害し、多額の保険金をだまし取ったとされた事件ですが、物証や自白など犯行を裏付ける証拠がなく、日本ではこの事件そのものは無罪となっていました。三浦は、この銃撃事件の三か月前に、知人の女性に妻一美さんを襲わせ、殺害しようとした「殴打事件」に絡んだ殺人未遂罪では実刑判決を受けていますので、〝保険金〟目当てに何かをたくらんでいた時期はあったかもしれません。

日本国内でも、さまざまな保険金犯罪が発生してきました。巨額な保険金殺人の嚆矢《こうし》とされます一九七四年十一月の「別府保険金三億円事件」は、妻と二人の娘が同乗した車を海中に転落させて、一人だけ生き残った夫が、数か月前から受取り総額三億一千万円になる複数の保険契約をしていたのですが、作為的な事件とされ、支払いは停止、殺人事件として裁判にかけられました。それから一九九八年七月、和歌山市の町内会の夏祭りが惨劇となった〝毒カレー事件〟も衝撃的な犯罪といえましょう。生命保険のセールスレディの絡んだ犯行なのですから、もう少しチェック機能が働いていれば誰しも思うことでしょう。その少し前、一九九二年九月と九八年十月の〝佐賀・長崎連続保険金殺人事件〟も驚くべき犯罪でした。佐賀県鹿島市の山口礼子（当時四十二歳）が、愛人と共謀して、まず、夫（三十八歳）を、六年後には次男（十六歳）を、いずれも保険金目的で殺害し、殺人と詐欺罪で起訴された事件です。その後、二〇〇〇年七月には奈良市に住む四十二歳の准看護婦による「長女薬殺未遂事件」もありました。すでに一九九七年の三月と十一月に次女と長男を同じ薬物によって殺害して、保険金を手に入れていたのですから、これも連続的な犯行です。

事例をあげればきりがありませんが、保険金を目的とする殺人には、法定刑で、強盗殺人や強姦殺人のような〝死刑〟とか〝無期懲役〟といった重罰の規定がないのは疑問です。こうした家族の生命を取引きの材料とする犯罪は、家族社会の成り立ちを根本から腐敗させてゆくことになるでしょう。

江戸時代には、〝保険金〟制度というものは、もちろんありませんでした。けれども、家族、しかも自分の実の親の生命を担保にして金を借りるという〝死一倍〟の制度というものが元禄の社会には実際にあったのです。

悪徳金融ブローカー長崎屋伝九郎 ― 親の財産目当ての息子笹六、逆転の死 ―

これまで扱ってきました『日本永代蔵』の刊行に少し先立つ貞享三年（一六八六）十一月、その書名そのものも大胆な『本朝二十不孝』を西鶴は世に問うています。なにしろ時の将軍五代綱吉は、格別な『孝経』の信奉者で、諸国に「忠孝」の高札を立て親孝行者の表彰につとめていたのでした。出版界でも、有名な孝子孟宗らをとりあげた中国の孝子説話『二十四孝』を翻案した『日本二十四孝』などの教訓書がさかんに出されていたのです。ところが、西鶴は〝親不孝〟者を主人公とした咄を二十篇（うち一篇は孝行話）も書き上げたのでした。もともと〝不孝咄〟も〝不孝〟を戒めるものとして、孝子伝の一つのスタイルであったとみれば、『二十不孝』だけを取り立ててめくじら立てる必要はないともいえますし、西鶴の二十篇の話のなかには、かなり積極的な姿勢で孝行を奨める教訓的なものもまじっているのですが、それにしても西鶴はどういう意図で『本朝二十不孝』を創作したのでしょうか——これが意見の分かれるところなのです。西鶴ははじめに序文を掲げて、中国の孝行説話の世界では、親に竹の子を食べさせたい一心で雪の積もった竹林を歩いていたら、天地の神がその孝行心に感じてくれたのでしょうか、雪の間から竹の子が出てきたといったような、現実的ではない話が多い——けれども、元禄の社会では、きちんと仕事をして利益を得れば、何でもお金で買える世の中なのだから、親孝行は誰でもできるはずである。それなのに世間には不孝者が多いのはどうしたことか、と問いかけています。そして、そのような不孝者はきっと天罰を受けるはずだと宣言しているのですが、そうした逆説的な親孝行奨励という西鶴の言辞をそのまま鵜飲みにしていいものかどうかが問題なのであります。そして研究者の間では、従来およそ次のような三つの説がありました。

A　教訓説――当代の孝道奨励政策に従った教訓・談理を意図したものとみる立場――序文の教訓的言辞をそのまま受けとるもの。
B　批判説――当代の孝道奨励政策を批判することを意図したものとみる立場――序文の教訓的言辞は幕府に対する一種のカムフラージュとみるもの。
C　戯作説――当代の孝行奨励に導かれたごく常識的な教訓を、いかにおもしろおかしく語るかにねらいがあったものとする立場――序文の教訓的言辞は儒教的常識を掲げたにすぎないものとみるもの。

さて、A・B・Cの見方をどう評価したらいいのでしょうか。これは実際に作品を読んでみてのお楽しみになるわけです。

『二十不孝』巻一―一「今の都も世は借物《かりもの》」の書き出しは、繁栄する京都の風景をパノラマ風に写し出すところからはじまります。郊外にも開発がすすみ、秀吉の時、都の周囲に土手を作って境としたあたりが、もう町中になってしまったという変容ぶりは、江戸から東京にかわった明治から大正期、さらに太平洋戦争後の東京都市圏の拡大ぶりを想起させます。人口が急速に増えた都では、どんな仕事をしても客はつくもの、そこでは念仏会に使う道具やお産に使う器材から餅突き道具まで、さまざまなレンタル業や、掃除、植木の手入れなどを仕事にする便利屋など、当時にあっては珍商売といえそうなものがたくさんあったようです。そうした珍商売の一つとして、銀の借次《かりつ》ぎ屋として長崎屋伝九郎が登場します。つまり、自分は資金は持たず、金貸しと借り手の間を仲介する周旋屋《しゅうせんや》です。

さて、都は新町通の四条を下がったところに、きれいな格子造りの門口《かどぐち》に丸に三つ蔦《つた》の定紋を染め込んだ暖簾《のれん》をかけ、一家五人がまるで親がかりのようにのんびりと暮らしている人がいた。事情を知らない人は医者かと思うだろうが、じつは長崎屋伝九郎という、京都中の廓《くるわ》遊びの遊興費の周旋をする男なのである。諺《ことわざ》に「話し半分」といって、商売がら半分は嘘をついても仕方がないとはいうものの、この男ときたら、数え年で人が一つ年を取る元日から、「お若うなられました」と、嘘をつきはじめて、大晦日《おおみそか》まで一言《ひとこと》もほんとうのことは言ったことがない。だが、こんな男でも、いざという時には役に立つこともあるのである。

一方、室町三条あたりに住んでいる、世間にも知られた大金持ちの息子に、遊里での替名《かえな》を笹六《ささろく》と呼ばれる男がいた。いかに若気のいたりだとはいえ、七年の間に、親から相続した金を若衆や女郎のために全部使い果たしてしまい、今や、頼みは、すでに隠居した親仁《おやじ》がたしかに持っている隠居銀《いんきょがね》だけだが、これはなかなか自由にはならない。といって、急に遊びもやめられないので、手づるを求めて、長崎屋伝九郎に仲介を頼み、親が死んだら即座に二倍にして返すという〝死一倍《しにいちばい》〟の借金千両を工面させたところ、さすがに都は広いもので、その金を貸そうとする人があった。

ここで前半の長崎屋伝九郎の紹介に、そのくらしぶりを〝医者〟のようだとたとえているのは、現代社会でも、健康保険制度の上にあぐらをかいて、巧みに悠々とくらしているごく一部の開業医を連想させますが、大病院で昼夜過酷な条件で働く研修医などの姿はとうてい浮かんできません。また後半で遊ぶ金に困って〝死一倍〟で借金しようとするのですが、この制度については、本文に具体的な説明があります。すなわち、金子《きんす》千両を借りて、親が死んだら、三日以内に二千両にして返済するもので、預り手形ははじめから二千両としておき、さらに小判一両につき月一匁の計算で、一年分の利息を天引きするので、千両のうち二百両を引いて、八百両を渡すわけです。

さて、まもなく実際に金を貸す町人の方も、手代をさしむけて、交渉に入ることになります。笹六は、年齢が若いと見られないよう、髪型など見苦しくして、いかにも老けているように対応します。借り手の息子が年が若ければ、その親もまだまだ若く、いつ死亡するかわからない、それでは〝死一倍〟で貸すのは危険だと判断されてしまうからです。現在なら住民登録などで年齢はごまかせませんが、当時はこうした虚々実々のかけひきがあったのでしょう。

交渉は一筋縄ではいきませんでしたが、笹六に付き添っている太鼓持ちたちの口添えもあって、何とか、金の貸借が成立します。ところが、笹六が手にした八百両は、保証人となってくれた人への御礼や、これまでの廓などでの借金の返済などで、たちまち霧散してしまい、最後に残ったのはわずか一両三歩、それもお大尽《だいじん》がそんなはした金を持つのはみっともないとけしかけられて手放し、とうとう下男ひとりだけをつれて帰宅することになってしまいます。

それからというものは、笹六は、いよいよ親父が無事息災なことを嘆き、近江の多賀大明神にお参りして、親父の命が短くなるように祈るのであったが、いったいどこをどう聞き違いしたのか、この神様は寿命を長くする神様だから、あべこべに親はいよいよ長生きしそう

巻一の一「今の都も世は借物」
京室町の笹六の家――
右面は毒を試飲して倒れた息子笹六、左面は息を吹き返した父親。

なので、これを逆恨みして、諸仏諸神をあちこちと祈って回り、「どうか七日以内に親父が死にますように」と調伏をした。すると、今度は霊験《ききめ》があらわれて、親父は急に目を回して倒れた。みんなが驚いて駆けつけて、とり騒ぐ中で、笹六は願いが叶った嬉しさに、かねがね用意してあった毒薬を取り出して、「ここに気付け薬がある」と言って、白湯を取り寄せ、口移しにして飲ませようとしたところ、うっかり毒を噛《か》みくだいて飲み込んでしまい、たちまち息が絶えてしまった。

この結末の逆転劇は、ちょっと喜劇的ですが、この結末をもって、この一篇を、先に掲げたCの見解、すなわち戯作調の作品だとみなすわけにはゆきません。また、西鶴はここで親父の方は死なず、借り手の息子の方が死んでしまったので、すっかり貸し損になってしまったことを受け、「欲に目のない金貸しは、今こそ思い当たったに違いない」と批評を加えていますので、こうした非人道的な借金制度の横行する社会の現実に対する批判的意図をみるような見解が——Bの幕府の政策批判とは違いますが——浮上してくるようにもみえますが、これも一面的な読みかもしれません。そして、もちろん、放蕩息子笹六の非業の死を天罰てき面と切り捨てているのだというAの教訓的なモチーフのみを読みとることにも、なにか物足りなさを感じてしまうわけです。

『本朝二十不孝』の冒頭を飾っている巻一―一には、「今の都も世は借物」というタイトル自体が暗示しているように、当代の社会悪の象徴ともいうべき〝死一倍〟の借金法がとりあげられているのでありました。そこには、主人公笹六が親の早死を願って、寿命神である多賀大明神に祈ってしまったりするところなど、随所にアイロニーの効いたおかしみが描かれます。そのあたりには、西鶴の現実認識のたしかさと人間認識の深さが読みとれるわけです。

西鶴は『二十不孝』の序文で「孝行というものは特別の人でないとできないというものではなく、普通の人が普通にしていて、十分できることである。しかし、現実には、そうした普通の人はめったにいないので、不孝をする悪人が多いものだ」と述べています。そうした〝悪人〟たち――一歩間違えば、悪の斜面を一挙に転落してゆく可能性を秘めているのが人間なので、西鶴はそうした人間の存在を諸国に求めて、描き出していったのでしょう。もともと西鶴は、処女作『好色一代男』の主人公である放蕩息子世之介以来、こうした悪の人間像を造型することを続けてきたのであります。そして『懐硯《ふところすずり》』（貞享四年刊）の巻四―一に「まことに人の心は善悪二つの入れ物ぞかし」とありますように、人間の存在の最も根元的なところに潜む〝悪〟と〝善〟との不可思議な葛藤に強い関心を抱き続けていたのでした。

『二十不孝』という作品でも、作者西鶴の執筆のモチーフとなっていたのは、こうした人の心の二律背反と、そこから生じてくるさまざまな行動のあらわれ方でありました。ですから、〝孝〟とか〝不孝〟とかいうのは、借り物に過ぎないのです。そして〝孝〟とか〝不孝〟、〝善〟とか〝悪〟を描き出そうとする西鶴の眼も、決して一面的な見方のものではありません。この作品に孝道奨励のための教訓性を読みとろうとしたり、逆に、そうした政治的に作られた孝道奨励の時代の風潮に対しての批判性を見出したりできるのは、この作品の内容そのものが、人間の心の二律背反を背負ったところに成り立っているからなのです。〝教訓〟という座標のなかで、西鶴は当時の〝常識〟を大筋において肯定し、承認しながらも、同時にこれを疑っていたのであり、また同じ意味で、人間の行動の〝非常識〟のなかに隠された〝真実〟をみごとにえぐり出しているのです。しかも、その〝常識〟や〝非常識〟について、これを突き放して眺めようとする西鶴の眼が、ときに戯作的な笑いを突出させてくることにもなるのでしょう。

現代社会にあっては、〝死一倍〟ほどではないにしても、人間の常識的なモラルに反するような金貸し――とくに闇金融業者は社会の悪として、しばしば批判の対象となります。闇金融業者はヤクザと同類であり、彼らが、貸した金の回収に暴力を厭《いと》わないのは、その業界がヤクザに支配されているからだともいわれています。闇金融業者は、困っている人たちに高利の金を貸すことで彼らを食いものにしているのであり、しかも、その高利は明らかに一般的な許容範囲を超えているのだから、非難されて当然だといえるわけです。しかし、現実に闇金融業はなかなか消えてゆきません。そして一時的には救済の役割を果たしていることもまた事実なのであります。

二千両の財産を八千両と水増しした遺言状 ― 世間体への気配りがもたらした悲劇 ―

西鶴の活躍した元禄時代、十七世紀のなかばには、日本の近世型の〝家〟はほぼ確立されていたようです。民衆史家佐々木潤之介の『江戸時代論』(二〇〇五年、吉川弘文館)によりますと、それは民衆の間に自然に確立されてきたものであり、基本的には小家族制の家として、家父長制で編成されて成り立ったものであったといいます。もちろん、武家社会における家父長を継ぐ長男相続制と、町家におけるそれとでは大き相違がありました。武士の家での家父長としての長男の権威は絶対的であり、長女以下はむろんのこと、次男以下は実質上、一生居候《いそうろう》の立場であり続けなければならなかったのに対し、町人の家では、暖簾分けなどによる兄弟の分家が普通行われていたわけです。幕府または大名から支給される〝家禄〟によって成り立つ武家社会と、商売などによる利益によって運営される町家とのちがいです。そして、明治開化期以降の日本の家族法が、その基本を武家のそれに基いて継承してゆき、太平洋戦争後にはじめて、現在の兄弟姉妹平等の家族法が生まれた経緯があったことは周知のことでしょう。

さて、すべての点で長男相続制の動かない武家とちがって、町家では親の遺産をどう相続するかは、ときには大問題でした。相続というものは、今日流に考えれば、要するに親から子どもへのプレゼントなのですが、諺に「兄弟は他人のはじまり」といわれますように、親の死後、骨肉相争うに至ることは、現代の民主的な法制の行き届いた社会でも、しばしば見受けられることです。とくに名の通った財閥の係累などでは大変です。現代では、とくに相続税という難問が発することもあって、〝お家騒動〟は複雑な様相を呈します。

それにしても、今日のグローバリゼーションのなかでは、相続税とか贈与税といったものは、しだいにその存在意義を失ってゆくのではないでしょうか。たとえば、資産が十億円の人は、一生まず生活には困らないのですから、日本から逃げ出してしまうことも可能でしょう。資産は百億円なら、さっさと日本国籍など放棄してしまうことだって考えられるのです。

西鶴の『本朝二十不孝』巻二―四「親子五人仍書置如件《よってかきをきくだんのごとし》」は、まさに案外に内情の苦しい商家の遺産相続にまつわる悲劇を描いたものです。

舞台となるのは、駿河の国の府中、現在の静岡市で、その呉服町に虎屋善左衛門という富裕な商家がありました。善左衛門はまもなく隠居して善入《ぜんにゅう》と呼ばれるようになり、家督は惣領の善右衛門に譲り、また次男の善助には武家相手の商売を、三男善吉には町家相手の商売を、さらに四男とみられる善八にも寺方の商いを、というぐあいに、それぞれ得意先を分けて、商売の道筋をつけ、それぞれ独立させるようにしていました。一家は賑やかで、そろって芸事にもいそしむなど、しあわせな生活を送っていましたが、人間無常の世の中、父の善入が風邪気味で病床に臥し、四人の息子たちが揃って見舞いにうかがうのですが、善入は自分の死期を悟って、遺言状を残すことを決意して、次のように語りかけます。

「今度こそわたしはもう最後だと思うから、遺言をして置きたいのだが、ほかでもない、これからは長兄善右衛門を親代りにして、わたしに従ったように、何事によらず、少しも背いてはならない。ところで、世間というものをつくづく考えてみると、人の家で見かけよりないものは金銀なのだ。この家は久しく栄えてきて、外から見た目には五万両も財産があるように見えるだろう。お前たちもそれを頼もしく思っているだろうが、他人には聞かせられないこと、じつは案外の財産なのだ。蔵の鍵を渡すから、諸道具を調べてみなさい。ところで、わたしの家名をつがせるのだから、この家屋敷はすべてそっくり善右衛門にやる。現金は均等に四つに分けて譲ることにしよう。それにつけて秘密の相談がある。世間というものは、資産のある人に大分の金でも融通するもので、縁組するためにもよく、何かと都合のよいことが多いものだ。そこでわたしはそこを考えて、世間への外聞だけのために、実際はありもしない金を書置きしておくことにする。必ずや貰ったものとして、心のうちで納得して受け取りなさい。じつはこの家には、やっとのこと小判二千両よりほかには、浅間神社に誓って何もないのだ。これを八千両ということにして、一人に二千両ずつ譲ることに書置きしておく。つまらぬ見栄のようだが、人間は外聞というものが大切だ。」

このことばを聞いた四人の兄弟は、ありがたい父の気持に涙を流し、口をそろえて父の志に従うことを誓ったので、善入はすっかり安心して、やがて大往生をしたのでした。

ところが、四十九日の弔いが過ぎるとまもなく、まず次男善助が悪心をおこし、善吉・善八を呼んで、父親が遺産二千両しかないと言ったのはとうてい信じ難いことだ——おそらくこれは兄善右衛門が親父をだまして計略を図ったことに違いないから、遺言状に記してあるとおり金子を受けとろうではないかと相談するのです。次男以下意見が一致して、兄善右衛門にこの話を持ちかけると、兄はびっくり仰天して意見をしましたが、三人は全く聞き入れません。なにしろ遺言状にはたしかに遺産八千両を二千両ずつ分配とあるわけですから、表沙汰になればば分がわるいし、また親の名誉を傷つけることにもなる——進退きわまった四十二歳の長兄善右衛門は、深夜、親の墓前で切腹してしまうのでした。

善右衛門の妻の嘆きをよそに、三人の兄弟は兄の自害を罵倒し、蔵の鍵を受け取って調べてみたのですが、やはり二千両以外には何もないので、蔵の中で寝込んでしまったのでした。一方、夢の中に現われた夫善右衛門から事情を告げられた妻は、蔵に駆け込んで、長刀《なぎなた》で善助・善吉・善八三人を斬り伏せ、さらにわずか二歳の息子に、自害した夫の脇差を持ち添えさせて、とどめを刺し、自らも命を絶ったのでした。

この話の後日談としましては、二歳の乳飲み子だった善太郎が相続して家を再興させたことが示唆されているのですが、そうしますと、親の意志をついだ長男と心がけのよくない不孝者の次男以下三人の対立という構図で、最後は心がけのよかった者が栄えるという民話の遺産相続争い、説話の三人兄弟譚の類型のような印象が残ります。また、中国の『二十四孝』に出る田真・田広・田慶三兄弟が、親の遺産を三分したあと、庭の紫荊樹《しけいじゅ》(すおうの花の木)まで三分しようと夜中協議していたところ、夜明けとともに樹が枯れてしまったので、三人は大いに反省して再び助け合い、繁栄したという話を逆設定にした構想だとも解釈されたりしています。けれども、やはり西鶴の現実認識の眼は、単なる家庭悲劇ではなく、当代の元禄社会の現実を十分に反映して、この作品を創作しているのではないでしょうか。それは確立しはじめていた町人の家族共同体におけるモラルの問題であり、また世間の外聞を意識しなければならない町人共同体における競争意識の問題でもありました。そして、苦しい経済社会における金銭の魔力、あるいは人間の欲望の金銭への集中化がはっきりと見届けられることになります。

遺産相続にまつわる悲劇は、元禄の社会においても、新しい民法の制定されている今日の社会においても、いつでも起こり得る可能性を秘めています。現代の事件簿には、たとえば、農家の長男の嫁が、ベッドタウン化による思わぬ土地の高騰を背景にして、夫の姉妹の財産をねだるのですが、土地の名義変更計略があるのに落胆して、ついに寝ている舅の首を絞めてしまうというような事件が、さまざまなヴァリエーションで残されているのです。

V　金銭という魔力

――『本朝二十不孝』における少年少女犯罪

近世の異人殺し―小吟、九歳の犯罪―

一九八一年六月の「深川通り魔殺人事件」、一九九九年九月の「下関駅通り魔殺人事件」など、現代社会では理由なき〝通り魔〟的な犯罪がちょくちょく起きています。二〇〇〇年五月の「佐賀バスジャック事件」は十七歳の少年が西鉄の福岡行きバスを乗っ取り、凶器の包丁で一人を殺害し、四人に重軽傷を負わせた事件でした。西鶴の『本朝二十不孝』巻二―二「旅行の暮《くれ》の僧にて候《そうろう》」は、まさに通り魔的犯行を扱ったものであり、実行犯こそ父親ですが、犯行をそそのかした、いわば主犯格は、九歳の少女でありました。

古代・中世から近世における伝説の一つの型に「異人殺し」がありました。ある山里の村の家に、旅の僧がやってきて、一夜の宿をとります。この僧が大金を所持しているのを知った家の主人は、翌朝、僧が出発するとき、滅多に人の通らない山道を教えて、この僧を先回りして待ち伏せして殺し、金を奪います。そのおかげで、家は栄え、大金持ちになるのですが、やがて子孫に祟りが現れてくる……といったパターンで、この「六部」といわれる行脚僧が「異人」ということになります。〝異人殺し〟は、本来は村全体の合意による〝祭儀〟でしたが、貨幣経済の発達につれて、〝異人〟そのものを殺すことを目的とするのでなく、その〝所持金〟が殺人の動機になってゆきました。

さて、「旅行の暮の僧にて候」の舞台は、熊野参詣の人が通る紀州熊野の岩根村であります。その村の勘太夫《かんだいふ》という人の娘に九歳になる小吟がいました。なかなか大人びていて、たまたま通りかかった旅の僧を案内して、自分の家に連れてきてもてなします。僧は越前の国福井の者で、両親に死別したあと、世を捨てて墨染《すみぞめ》の衣をつけ、諸国を巡礼しているのだと名告《なの》り、翌朝、まだ暗いうちに出発しましたが、ここで小吟が父親に対して重大な発言をします。

小吟は「今の坊様は、風呂敷包みの中に小判のたくさん入った革袋を入れて持っておられたのを見ました。お一人だから、人に知られる心配はないでしょう。殺して金を取りなさいよ」とささやいた。父親は、思いもよらぬ欲を出して、山刀《やまがたな》を腰に差し、枕元にあった手槍を引っ下げて、旅の坊さんのあとを追って駆け出した。この娘はま

だ九歳なのに、こんな大それたことを親にすすめるとは、とんでもない悪人である。ことに浮世から離れた熊野の山奥で、干鯛《ひだい》も木に実《な》るものと思ったり、傘も何の役に立つのか知らないような僻地なのに、小判というようなものをちゃんと見知っていたとは不思議なことであった。

さて、小吟の犯罪へのプロセスを辿ってみますと、旅の僧の難儀をみかねて、わが家へ案内する時点で、すでに〝異人殺し〟の計画があったわけではないでしょう。あるいはその時すでに深層心理的に、そうした動機付けの意識が働いていたかどうか、それは微妙でしょう。おそらくは僧を家に招いたあとで、小判のたくさん入った革袋を見ての出来心から思いついたものとみるのが自然でしょう。当時の熊野の山里の娘が小判を見知っていたというのも不審なのですが、小吟が「小判」の誘惑で悪へ走っていったのは、社会的背景としては〝貧困からの脱出〟という願望の働きであったとみるほかありません。

このあとに続きますのは、小吟の父親が、山中の道で、この坊さんに襲いかかる場面です。襲いかかってきたのが、先程まで親切にもてなしてくれた家の亭主だと知って、坊さんは次のように応対します。

「私は出家の身だから、命が惜しいわけではないが、いったいどんな恨みがあって殺そうとなさるのですか。路銀を取りたいのなら、命の代わりに差し上げよう」と言って、小判百両を財布のままにほうり出した。亭主はそれを受け取って、「金が敵《かたき》の浮世だと思え」と言いながら、出家の脇腹を刺し通した。出家は苦しそうな声をあげて、「おのれ、この恨みの一念だけでも、いつまでもほうっておくものか。ええ、くやしい、くやしい」と言う息もしだいに弱り、野川の水際《みぎわ》に這《は》っていって倒れた。亭主はそれを押さえつけて止《とど》めを刺し、死骸《しがい》を浮き草の下に沈めて、こっそりと家に帰ったが、世間では誰一人このことを知るものはいなかった。

ここでも、「金が敵の浮世だと思え」というセリフに、金銭のデモーニッシュな魅力にどうしても勝てない父親の欲心が示されていますが、熊野の山里に生きる人の認識のしかたとしてはやや不自然なところはあるのです。

「異人殺し」が、その家を俄《にわ》か成金にして、その家の繁栄をもたらすというのは、この伝説の一つのパターンであり、「旅行の暮の僧にて候」一篇はまさにその典型でありました。小吟の家は、強奪した小判をもとに、その後急速に繁栄してゆきますが、その〝異常〟がおのずと世間の関心を呼ぶことから、新しい逆転劇へ向けての展開がはじまります。そこには坊さんの「恨みの一念」に示唆されている「祟り」が働いてゆくわけです。

小吟の家が富を得てからの後半部になりますと、小吟はたちまち〝悪〟の本性を発揮し、まず、娘盛りの十四歳の春、山里では目立つ派手な化粧をするようになった小吟は、容姿自慢にうつつをぬかして身を持ち崩し、浮名を立てます。「姿自慢」と「男撰び」は、時代を超えて、いわば女性の本能のおもむくところに生ずる〝悪〟でありましょう。むろん、男とても同じですが、その〝悪〟に開き直った小吟は「家が豊かになったのは自分が知恵をつけたおかげではないか」と、かつての父親の犯行を仄《ほのめ》かしつつ、親を脅迫します。

その小吟が、やがて婚約することになりますが、相手の婿の耳の根に小さな出来物の跡があるのを嫌って逃げ出してしまいます。その後、紀州藩の藩士の家へ腰元奉公に出た小吟でありましたが、そこでも淫奔《いんぽん》ぶりを発揮して主人と密通を重ね、それが発覚して思うようにならなくなりますと、奥方を恨んでこれを刺し殺し、そのまま逃走してしまいます。これは一家の繁栄からの一転した大逆転劇であり、小吟の悪の本性が、さらに際限もなくエスカレートした行動をとらせてゆくところに、この話の一つのモチーフがうかがえるわけです。それはつまり、人間の本性にかかわる〝不倫〟と〝殺生〟の罪の顕現を示すものでしょう。

さて、殺人の罪を犯した小吟が逃走してつかまらないために、「小吟が出てくるまでは、その親を牢に入れよ」と連座の責めを受けて、両親が逮捕され、あとは処刑される日を待つばかりになります。自分の内部にかつての罪の意識のある父親の心境は複雑でしょう。すっかり覚悟をきめて打首の処刑を受けることになります。小吟の方も、その翌日、もはや逃れられぬと自首して出て、同じように打首となります。これも、自首があと一日早かったらと悔まれることでした。なお、親が処刑を受けた日が、かつての出家殺しと全く同じ十一月十八日であったというあたりは、やや古風な因果咄めいています。

現代の刑務所では、受刑者が語る反省の弁で一番多いのは「家族に迷惑をかけました」だということです。面会に訪れる年老いた親たちの姿を見ると、そうした実感がわくのでしょう。父親の苦悩、母親の悲しみといった親の心情を想うと、第三者にも、その気持ちは通じます。そうした点からみると、小吟の行動にはすさまじいものを感じてしまいます。

いったい、人はいつ「大人」になるのでしょうか。単に年齢からだけでは、その区別は難しいでしょう。宗教によっては、子どもと大人のあいだの境界線を、かなり早い時期に引いているものもあります。大人へのイニシエーションが十代のはじめか、あるいはもっと早く行われる場合もあります。しかし、十代のはじめの子どもを一人前に扱うのは一般的には無理な話です。徴兵資格の検査を受ける十八歳が大人への出発点となる国家もあるでしょうが、戦争の場で、ひたすら命令に従って行動する人間となることが、一人前への出発点とみるのも、どこか矛盾があります。日本のような場合ですと、選挙権を得る二十歳を大人への第一歩とみなすことが自然かもしれません。けれども、政治的、社会的、歴史的、経済的な諸種の問題への判断力という点からみると、必ずしも画一的にはゆかない気がします。二十歳以上の有権者が十九歳以下の非有権者より賢明な投票ができるという保証はありません。経済学理論では、私有財産権を確立し、自らの人生を管理するようになってからが、大人だとする考え方もあるそうですが、これも既に定まってしまっている経済力の問題がかかわってきてしまうでしょう。

日本では今、未成年者の犯罪の多発から、少年法の適用の時期の問題が論議を呼んでいます。〝成人〟の時期を引き下げるべきだという意見が強くなっていますが、さて具体的にそれをいつに定めるかとなると、困難がつきまとうでしょう。

子どもの犯罪や暴力行為は、いわゆるイジメ問題ともかかわりますが、しばしば大人顔負けの攻撃性を発揮するようです。抑圧されているものが、一気に爆発するのです。〝ムカツク〟とか〝キレル〟ということばが、それを表わしているわけです。

貧困のなかの家庭内暴力 ― 生れながらの極悪人、遅すぎた天罰 ―

家庭内暴力で、手に負えなくなった息子を、たまりかねた親が殺してしまう事件は、ときどき発生しています。辻田昌計《まさかず》さんの『罪を犯した人たち』（平成12、心泉社）に紹介されている例ですが、息子を思わず絞殺して、父は実刑判決、母は執行猶予になったケースがありました。父親は一流大学出身で、収入、資産ともに抜群でしたので、なによりも体面を重んじ、家庭内の恥部である息子の暴力を外の誰にも話さなかったそうです。精神的に行きづまって、ついに最悪の事態を招いてしまったのでした。そして、刑務所に入って、正月の雑煮を食べるたびに、雑煮の好きだった息子の顔が浮かび、餅が喉を通らなかったという話を、面会人にしていたそうです。

『本朝二十不孝』巻一―二「大節季《おほぜっき》にない袖の雨」は、年末の決算期を迎えても、「ない袖は振らず」の諺のとおり、一銭もお金がなく、ただ涙を流すだけのくらしであるという意味ですが、そんな極貧の家庭を舞台にした悲劇が描かれています。

山城の国伏見の里は、土地は疲弊しても桃の名所であったのですが、秀吉時代の繁栄とは打って変わって、ひたすらさびれるばかりでした。その伏見の地の荒れ果てた家に住む〝火桶《ひおけ》の文助〟――防寒具が手あぶり一つしかないことを揶揄した仇名をつけられた男がいました。竹箒《たけぼうき》の職人ですが、収入は微々たるもので、正月を迎える年末になっても餅などつけるわけもなく、新年の祝い箸を用意する必要もない有様でした。台風などの被害を受け、ここ何年か作っていた早桃《さもも》も不作、時雨の降る頃には、雨が漏るので、長持の蓋《ふた》を開けたままでこれを防ぎ、親子五人がその中にうずくまるようにくらしていたのです。

文助には三人の子どもがいたのですが、惣領息子の文太左衛門は次のように紹介されます。

長男は文太左衛門といって、今年二十七歳であった。足の長い大男で、生まれつき頬髭《ほおひげ》が濃く、眼はらんらんと光り、ふだん笑っている顔つきが、他の男の喧嘩《けんか》している時の顔つきよりも恐ろしかった。しかも、たくましい体つきだったので、担ぎ仕事のような肉体労働をしてでも、両親を養うぐらいはできるはずで、その体つきを見ただけで人が恐れるくらいだから、よしんば博奕場《ばくちば》ににじり込んでゆすりを働いてでも、暮らしていける体つきであった。

ところが、この男は大悪人で、十六歳の年の夏の夜、妹に団扇《うちわ》であおがせていたが、妹はまだ七歳で手先に力がなく、団扇の風がまどろっこく感じたので、妹の首筋を逆手《さかて》につかんで投げ飛ばしたところ、妹は土間の石臼の上に強く打ちつけられて、息が絶えて脈も不確かとなり、そのまま死んでしまった。母親はひどく悲しんで、その死骸にすがりつき、自分もいっしょに死のうと覚悟したが、五つになる下の妹が、子ども心にもそれと悟って、袖にすがって泣き出したのを見て、この子を残してはと、あとさきのことを考えているうちに、近所の人が「どうかしたのですか」と問い合わせてきたので、気を取り直し、「死ぬべき時節がめぐってきての運命的なけがのためだから、いたしかたない」と、急いで弔いをすませ、妹殺しは隠してすませた。

また同じ年に、息子が人妻と密通して、京都へ通う牛車の通路を竹田まで毎晩通っているという噂を母親が聞きつけて、「命にかかわることだよ」と意見すると、ある夜明けに帰って来て、母親をいきなり蹴《け》とばした。母親はそれから腰抜けになり、立居も不自由になって、むなしく月日を送っていた。

下の妹もしだいに成長して、湯茶など汲《く》んで二親《ふたおや》に孝行を尽くしていたが、文太左衛門は父親に稼《かせ》がせ、自分は朝寝をして、朝顔の花盛りをかつて見たことがなく、「おい、親父さんよ、人の世は露のようにはかないものなのだ」と、ぎろぎろとあたりをにらみ回している様子を見て、「あんな天命知らずはいない」と人々は爪《つま》はじきをして憎んだが、よそからはどうすることもできない。

このあと、全く生活費がなくなった一家のなかで、下の妹は京の島原に女郎奉公に出ることになります。その年季奉公の前借り金、金子二十両が親の手に入って、これで年末の買い物ができると一安心していたところへ、夜、文太左衛門がやって来て、これを盗み逃走してしまいます。もう、どうにもならなくなった両親は覚悟をきめ、仏名をくり返しながら、舌をかみ切って自害します。ところが、文太左衛門の方は、伏見の遊郭で、正月の遊びにうつつをぬかしていたのでありました。だが、伏見を出て宇治へ向う途中、両親が自害した場所へくると、足がすくんで、眼もくらんで行き倒れになってしまい、そこへ先に両親の死骸を食った狼が出て来て、なぶり食いにされてしまうのでありました。

結末はこのように、いかにも仏教説話的になっていますし、善なる下の妹と悪そのものの兄といった善と悪の対照が強調されているのも、作品の構造としては説話的な単純さになっています。そして、西鶴はこのあとに「広い世間にもこれほどの不孝者はまたとない物語、恐ろしや、天はたちまち、これを処罰された。慎むべし、慎むべし」と教訓しているので、天罰てきめんの因果応報ばなしの印象が強いのですが、西鶴はそうした中でも、人間性の本質にひそむ悪のすさまじさを、まじろぎもせずに見抜いているわけです。西鶴は必ずしも〝悪〟を描くためにだけこの作品を書いているのではなく、西鶴なりのモラルを働かせながら、これを描いているのです。しかも、そこには伏見という零落した地域を舞台にしての共同体的な背景――いわば家庭内暴力を生んだ社会的要因をも視野に入れているともみられるわけです。

先ほどもふれたことですが、現代の日本でも、年々、少年犯罪は凶悪化し、しかも低年齢化しているといわれています。そうした中で、〝少年法〟を改正すべきだという世論もたかまり、二〇〇七年五月にも、国会で審議されています。一九九七年五月の神戸連続児童殺傷事件すなわち酒鬼薔薇聖斗事件、二〇〇〇年五月三日の佐賀のバスジャック事件、同じ年の同じ五月一日の愛知県豊川市の主婦純粋殺人事件などの凶悪な少年犯罪が、こうした世論を呼び、また厳罰主義を批判する日弁連や少年法専門家との論争をたかめていったことは間違いありません。もちろん、『二十不孝』の文太左衛門の大胆かつデタラメな行動と単純に比較することはできませんが、元禄時代にも世間の人を驚かすような青少年犯罪が起こっていたことはたしかでしょう。逆にいえば、西鶴の描いた親不孝物語には十分に現代性が含まれると評してよいのではないでしょうか。

おわりに

西鶴は何故おもしろいのか――西鶴の文芸は、現実を厳しく見据えながらも、結局のところ、つねに創造的な〝趣向〟の世界をわたしたちに提示しているからです。登場する主人公は、たとえモデルがあったとしても、それは虚構化された人間像なのです。西鶴の描いた元禄の世相を、そのまま史実の資料として扱っている歴史講座などを読みますと、少し首をかしげたくなる場合もあります。

けれども、西鶴は生きいきと、人間の生のよろこびやかなしみを語ってくれます。西鶴の作品の世界はなによりも豊かなのです。それなのに、現代の高校での古典教材としてはかなり軽視されているのが西鶴の作品です。本書の後半でとりあげた『本朝二十不孝』など〝反道徳〟的な教材とみられたのでしょうか、明治期以来、一度も教科書に採り上げられたことはありませんでした。これほど、〝人間〟や〝現代〟に密着した作品はないと思うのですが……。

堀切 実（ほりきり みのる）
1934年 1 月13日　東京都に生まれる
1957年 3 月　早稲田大学第一文学部国文科卒業
1969年 3 月　早稲田大学大学院文学研究科課程修了
専攻・学位：日本近世文学、俳文学・文学博士（早大）
現職：早稲田大学名誉教授（早稲田大学エクステンションセンター講師）
主著：『蕉風俳論の研究』（1982年, 明治書院）
『俳文史研究序説』（1990年, 早稲田大学出版部）
『芭蕉の門人』（1991年, 岩波新書）
『芭蕉の音風景』（1998年, ぺりかん社）
『読みかえられる西鶴』（2001年, ぺりかん社）
『表現としての俳諧』（2002年, 岩波現代文庫）
『芭蕉と俳諧史の研究』（2004年, ぺりかん社）
『芭蕉俳文集』上下（2005年, 岩波文庫）
『俳聖芭蕉と俳魔支考』（2006年, 角川学芸出版）
『おくのほそ道―時空間の夢』（2008年, 角川学芸出版）
他多数

新典社新書 13

偽装の商法

西鶴と現代社会

2008年 7 月10日　初版発行

著者 ―――― 堀切実
発行者 ―――― 松本輝茂
発行所 ―――― 株式会社 新典社
〒101-0051　東京都千代田区神田神保町1-44-11
編集部：03-3233-8052　営業部：03-3233-8051
ＦＡＸ：03-3233-8053　振　替：00170-0-26932
http://www.shintensha.co.jp/　E-Mail:info@shintensha.co.jp

印刷所 ―――― 恵友印刷 株式会社
製本所 ―――― 有限会社 松村製本所

ISBN 978-4-7879-6113-6 C0295

定価はカバーに表示してあります。
乱丁・落丁本は、お取り替えいたします。小社営業部宛に着払でお送りください。

ウォルター・ブロック『不道徳教育――擁護できないものを擁護する』（橘玲訳、二〇〇六年、講談社）
伊藤博敏『「欲望資本主義」に憑かれた男たち――「モラルなき利益至上主義」に蝕まれる日本』（二〇〇七年、講談社）
『現代思想』特集「偽装の時代」（二〇〇七年十一月号、青土社）
『カンブリア宮殿・村上龍×経済人』（二〇〇七年、テレビ東京報道局編、日本経済新聞社）
『カンブリア宮殿・村上龍×経済人２』（二〇〇八年、テレビ東京報道局編、日本経済新聞社）

＊　＊

辻田昌計『罪を犯した人たち――逸脱の軌跡』（二〇〇〇年、心泉社）
佐々木隆三『裁かれる家――断たれた絆を法廷でみつめて』（二〇〇一年、東京書籍）
宮崎哲弥・藤田誠二『少年の「罪と罰」論』（二〇〇一年、春秋社）
中西新太郎『若者たちに何が起こっているのか』（二〇〇四年、花伝社）
村山士郎『事件に走った少女たち』（二〇〇五年、新日本出版社）

最後に、この本を執筆するのに役立った主要な参考文献を掲げておきましょう。

『日本永代蔵』大本六巻六冊　貞享五年正月刊　大坂森田庄太郎他二軒版（古典文庫版）
『本朝二十不孝』大本五巻五冊　貞享三年十一月刊　江戸万谷清兵衛他二軒版（古典文庫版）
新編・日本古典文学全集68『井原西鶴集③』（谷脇理史他　注・訳、一九九六年、小学館）
新編・日本古典文学全集67『井原西鶴集②』（松田修他　注・訳、一九九六年、小学館）
現代語訳西鶴全集・第九巻『日本永代蔵』（暉峻康隆、一九七七年、小学館）
現代語訳西鶴全集・第八巻『本朝二十不孝』（暉峻康隆、一九七六年、小学館）

＊　＊

谷脇理史『経済小説の原点「日本永代蔵」』（西鶴を楽しむ②、二〇〇四年、清文堂出版）
矢野公和『虚構としての「日本永代蔵」』（二〇〇二年、笠間書院）

＊　＊